# 作者序

在台灣，學習日文的人口眾多，無論是工作所需，或者是純粹喜歡日本文化、動漫、美食等，無論理由為何，日本一直是台灣人國外旅遊的首選。因此，既然要學日語，為何不一開始就學習可以學以致用於旅遊及生活的日語呢？

有鑑於此，本書精心整理在日本旅遊時及生活中最常用的句子，且每個句子都是以讓初學者好記好學的短句為出發點，以便讀者在需要時能夠輕鬆開口說。除了旅遊及生活用語之外，更補充簡易清楚、多元豐富的句型，以及好記實用的單字，希望學習者在學習日語上能以簡單化、生活化、實用化為前提，進而達到輕鬆愉快、循序漸進的學習。因此，本書特別強調只要運用簡單的基礎日語，也能生動地運用在實際旅遊及生活上；可以輕鬆掌握日語學習竅門，打好基礎並提升日語能力。如此一來，不僅達到溝通的效果，也能奠定日語檢定之能力，將學習發揮到最高點，日語輕鬆上手。

從事日語教學多年，心心念念的是期望自己能對日語教學略盡棉薄之力，衷心期盼所有讀者，可以藉由此書，激發更多的學習興趣，提升說日語的勇氣和信心，事半功倍地學習到有趣實用的日語，並活用在日本文化探索旅程中。

在此非常感謝瑞蘭國際出版的專業團隊，協力完成這本書的編輯及出版。

# 如何使用本書

《零基礎！超好學旅遊・生活日語 進階》用最簡單、最好懂、最好記的方式學習日語，讓您靈活使用於日常，旅遊、生活更便利！跟著本書，輕鬆掌握實用日語！

**文法時間**
運用生活中最常用的人、事、時、地、物等字彙，導入簡易清楚的句型，原來日語文法一點都不難！

**音檔序號**
日籍名師錄製標準東京腔，配合音檔學習，聽、說一次搞定！

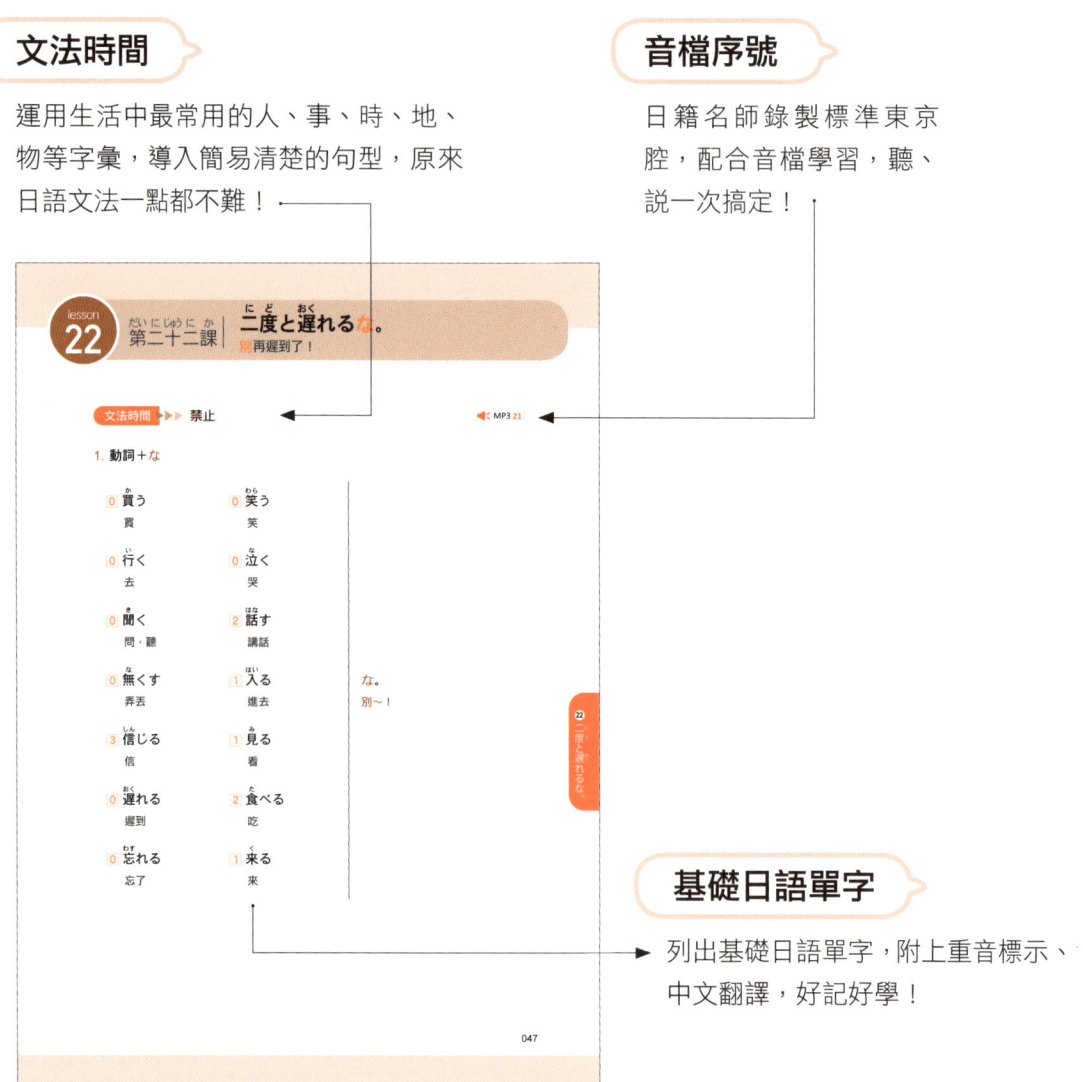

**基礎日語單字**
列出基礎日語單字，附上重音標示、中文翻譯，好記好學！

## 會話大聲講

每課都有輕鬆易學、簡單又實用的生活會話,用日語溝通無障礙!

## 延伸學習

用多樣、有趣的例句,學習如何應用於日常,增加日語知識力!

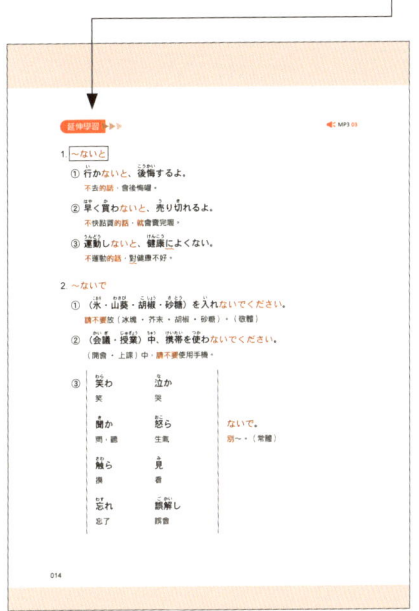

## 好記實用的單字一起學!

從熟悉的漢字出發,延伸學習實用的單字群,記憶更容易!

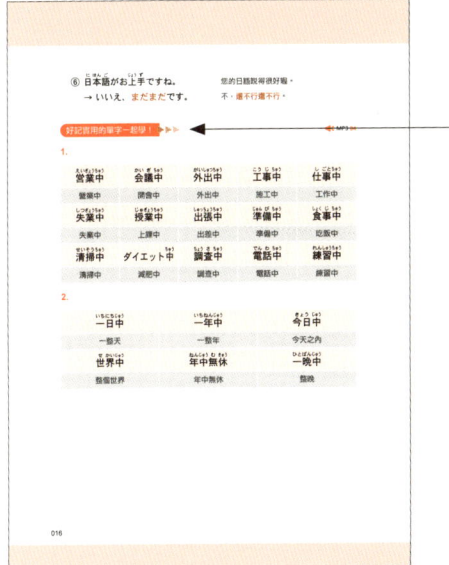

## 翻譯寫寫看

翻譯寫寫看,並附有解答,課後馬上練習,成果驗收不費力!

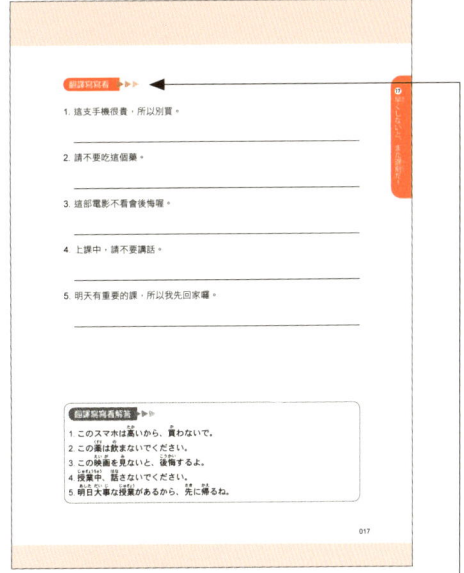

005

## 附錄 - 文化類

補充文化及生活娛樂資訊,在日旅遊、生活更愜意!

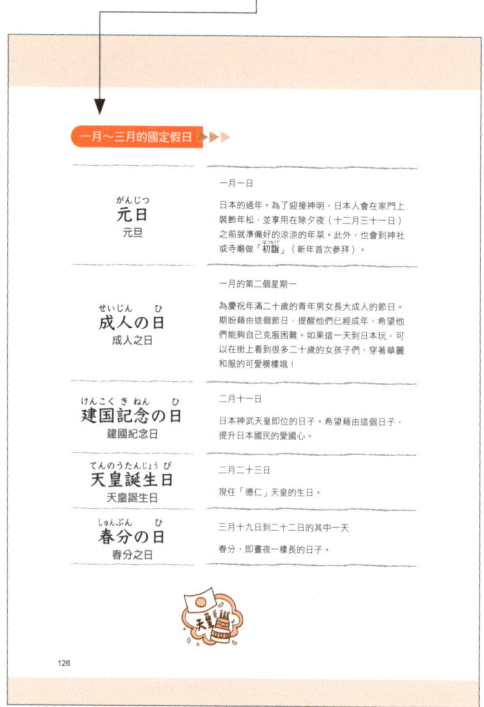

## 附錄 - 單字類

依主題分類,擴充基礎單字量,讓表達更加精準、豐富!

## 如何掃描 QR Code 下載音檔

1. 以手機內建的相機或是掃描 QR Code 的 App 掃描封面的 QR Code。
2. 點選「雲端硬碟」的連結之後,進入音檔清單畫面,接著點選畫面右上角的「三個點」。
3. 點選「新增至「已加星號」專區」一欄,星星即會變成黃色或黑色,代表加入成功。
4. 開啟電腦,打開您的「雲端硬碟」網頁,點選左側欄位的「已加星號」。
5. 選擇該音檔資料夾,點滑鼠右鍵,選擇「下載」,即可將音檔存入電腦。

# 目次

| | | |
|---|---|---|
| 作者序 ▶▶▶ | | 003 |
| 如何使用本書 ▶▶▶ | | 004 |

**lesson 17** 　第十七課　　　　　　　　　　　　　　　　　　011
早くしないと、また遅刻だ！｜不快點的話，又要遲到了！
( 動詞否定形：①～ない ②～ないと ③～ないで・また～・まだ～・
～中・～中)

**lesson 18** 　第十八課　　　　　　　　　　　　　　　　　　019
新しい携帯が買いたいです。｜想買新的手機。
( 慾望：①～たい ②～欲しい・～易い・～難い・注～・時～)

**lesson 19** 　第十九課　　　　　　　　　　　　　　　　　　027
試着してもいいですか。｜可以試穿嗎？
( て形句型：①～てもいい ②～てみます・～か・～ている・もっと・
完～・～用～)

**lesson 20** 　第二十課　　　　　　　　　　　　　　　　　　035
教えてくれますか。｜可以教我嗎？
( 授受動詞：①～あげる ②～くれる ③～もらう・～方・～ので・
～焼き・～丼)

**lesson 21** 　第二十一課　　　　　　　　　　　　　　　　　041
早寝早起きした方がいいです。｜早睡早起比較好。
( た形句型：～た方が～・～なら・動詞＋動詞・必要・～口・乗り～)

**lesson 22** 第二二課(だいにじゅうにか) 047
二度(にど)と遅(おく)れるな。｜別再遲到了！
(禁止：〜な・勝手(かって)に〜・〜で：原因・〜ばかり・〜禁止(きんし)・無(む)〜)

**lesson 23** 第二十三課(だいにじゅうさんか) 055
許(ゆる)せない。｜無法原諒。
(動詞的能力句①・〜たら・でも・最(さい)〜・〜料(りょう))

**lesson 24** 第二十四課(だいにじゅうよんか) 061
今(いま)すぐ決(き)められません。｜現在無法馬上決定。
(動詞的能力句②・名詞的能力句・〜できる・〜なら・どう・〜物(もの)・〜屋(や))

**lesson 25** 第二十五課(だいにじゅうごか) 069
食(た)べれば分(わ)かります。｜吃了就知道。
(假定句・〜がする・〜で／て下(くだ)さい・〜が痛(いた)い・〜薬(やく)・〜薬(ぐすり)・〜止(ど)め)

**lesson 26** 第二十六課(だいにじゅうろっか) 075
日本(にほん)へ留学(りゅうがく)に行(い)こうと思(おも)っています。｜想去日本留學。
(慫恿、邀約、念頭・あまり〜ない・〜だけ・〜先(さき)・〜茶(ちゃ)・茶(さ))

**附錄** ▶▶▶

1. 世界五大洲及國家名稱　**082**
2. 日本都道府縣及東京交通　**085**
3. 常見生活單字　**093**

| | |
|---|---|
| 職業與身分 ............... 093 | 機關行號 ................... 111 |
| 各式食物 ................... 094 | 公共場所 ................... 113 |
| 各式飲料 ................... 098 | 交通 ........................... 114 |
| 調味料 ....................... 100 | 方向 ........................... 115 |
| 服裝與飾品 ............... 101 | 興趣 ........................... 117 |
| 美妝保健 ................... 104 | 旅遊 ........................... 118 |
| 顏色 ........................... 106 | 大眾媒體 ................... 119 |
| 購物 ........................... 107 | 生活 ........................... 120 |
| 建築物 ....................... 109 | 校園 ........................... 123 |

4. 節日與生活娛樂　**125**

| | |
|---|---|
| 日本的節日 ............... 125 | 日本棒球小常識 ........ 134 |
| 日本的祭典 ............... 131 | |

5. 動詞廣場　**139**

# 第十七課 早くしないと、また遅刻だ！
不快點的話，又要遲到了！

**文法時間** ▶▶▶ 動詞否定形　　MP3 01

| | | |
|---|---|---|
| 買わ<br>買 | 使わ<br>用，使用 | |
| 行か<br>去 | 話さ<br>談，說 | |
| 待た<br>等 | 休ま<br>休息 | |
| 入ら<br>進入 | 帰ら<br>回家 | **ない**<br>不～（否定句常體） |
| 着<br>穿 | 食べ<br>吃 | **ないと**<br>不～的話就～；必須～ |
| 我慢し<br>忍耐 | 準備し<br>準備 | |
| 注意し<br>注意 | 予約し<br>預約 | |
| 練習し<br>練習 | 来<br>來 | |

011

## 會話大聲講

MP3 02

大河： やばい！もうこんな時間！
糟糕！已經這樣晚了！

早くしないと、また遅刻だ！
不快點的話，又要遲到了！

五十嵐： まだなの？
還沒好嗎？

大河： 後5分。
再5分鐘。

**17 早くしないと、また遅刻だ！**

五十嵐： まったく！朝大事な会議があるから、先に行くね。
真是的！我早上有重要的會議，所以我先出門囉。

大河： いってらっしゃい！
慢走！

## 延伸學習　▶▶▶　　　　　　　　　　　　MP3 03

1. ～ないと

　① 行かないと、後悔するよ。
　　不去的話，會後悔喔。

　② 早く買わないと、売り切れるよ。
　　不快點買的話，就會賣完喔。

　③ 運動しないと、健康によくない。
　　不運動的話，對健康不好。

2. ～ないで

　①（氷・山葵・胡椒・砂糖）を入れないでください。
　　請不要放（冰塊・芥末・胡椒・砂糖）。（敬體）

　②（会議・授業）中、携帯を使わないでください。
　　（開會・上課）中，請不要使用手機。

　③

| 笑わ<br>笑 | 泣か<br>哭 |  |
|---|---|---|
| 聞か<br>問，聽 | 怒ら<br>生氣 | ないで。<br>別～。（常體） |
| 触ら<br>摸 | 見<br>看 |  |
| 忘れ<br>忘了 | 誤解し<br>誤會 |  |

| | | |
|---|---|---|
| しんぱい<br>心配し<br>擔心 | じゃま<br>邪魔し<br>妨礙 | ないで。<br>別～。（常體） |
| えんりょ<br>遠慮し<br>客氣 | き<br>気にし<br>在意 | |

④
| | | |
|---|---|---|
| かんたん<br>簡単に | | 別說得那麼簡單！ |
| ぶつぶつ | い<br>言わないで！ | 別碎碎念了！ |
| だれ<br>誰にも | | 誰也別說！ |

**17 早くしないと、また遅刻だ！**

## 3. また〜

① じゃあ、また（らいしゅう<br>来週・あした<br>明日）。
那麼，（下週・明天）見。

② また しっぱい<br>失敗しました。
又失敗了。

③ きこく<br>帰国する まえ<br>前に、また あ<br>会いましょう。
回國之前，再見個面吧。

## 4. まだ〜

① まだある。　　　　　　　還有。

② まだ じかん<br>時間がある。　　　還有時間。

③ まだ こども<br>子供だ。　　　　　還是個小孩。

④ せき<br>席はまだありますか。　還有位子嗎？

⑤ （バス・でんしゃ<br>電車）はまだ こ<br>来ない。　（公車・電車）還沒來。

015

⑥ 日本語がお上手ですね。　　　您的日語說得很好喔。
→ いいえ、まだまだです。　　　不，還不行還不行。

**好記實用的單字一起學！** ▶▶▶　　　🔊 MP3 04

1.

| えいぎょうちゅう<br>営業中 | かいぎちゅう<br>会議中 | がいしゅつちゅう<br>外出中 | こうじちゅう<br>工事中 | しごとちゅう<br>仕事中 |
|---|---|---|---|---|
| 營業中 | 開會中 | 外出中 | 施工中 | 工作中 |
| しつぎょうちゅう<br>失業中 | じゅぎょうちゅう<br>授業中 | しゅっちょうちゅう<br>出張中 | じゅんびちゅう<br>準備中 | しょくじちゅう<br>食事中 |
| 失業中 | 上課中 | 出差中 | 準備中 | 吃飯中 |
| せいそうちゅう<br>清掃中 | ダイエット中 | ちょうさちゅう<br>調査中 | でんわちゅう<br>電話中 | れんしゅうちゅう<br>練習中 |
| 清掃中 | 減肥中 | 調查中 | 電話中 | 練習中 |

2.

| いちにちじゅう<br>一日中 | いちねんじゅう<br>一年中 | きょうじゅう<br>今日中 |
|---|---|---|
| 一整天 | 一整年 | 今天之內 |
| せかいじゅう<br>世界中 | ねんじゅうむきゅう<br>年中無休 | ひとばんじゅう<br>一晩中 |
| 整個世界 | 年中無休 | 整晚 |

### 翻譯寫寫看 ▶▶▶

1. 這支手機很貴,所以別買。

___

2. 請不要吃這個藥。

___

3. 這部電影不看會後悔喔。

___

4. 上課中,請不要講話。

___

5. 明天有重要的課,所以我先回家囉。

___

**17 早くしないと、また遅刻だ!**

---

### 翻譯寫寫看解答 ▶▶▶

1. このスマホは高いから、買わないで。
2. この薬は飲まないでください。
3. この映画を見ないと、後悔するよ。
4. 授業中、話さないでください。
5. 明日大事な授業があるから、先に帰るね。

# 第十八課 (だいじゅうはっか) | 新(あたら)しい携帯(けいたい)が買(か)いたいです。
想買新的手機。

**文法時間** ▶▶▶ 慾望

🔊 MP3 05

1. 動詞＋たい：想～

| | | |
|---|---|---|
| 会(あ)い<br>見 | 言(い)い<br>説 | |
| 買(か)い<br>買 | 使(つか)い<br>用，使用 | たい。<br>想～。（常體） |
| 行(い)き<br>去 | 聞(き)き<br>問，聽 | たいです。<br>想～。（敬體） |
| 話(はな)し<br>談，説 | 飲(の)み<br>喝 | たくない。<br>不想～。（常體） |
| 休(やす)み<br>休息 | 帰(かえ)り<br>回家 | たくないです。<br>不想～。（敬體） |
| 見(み)<br>看 | 食(た)べ<br>吃 | |

## 2. 名詞＋が＋（欲しい・動詞＋たい）

| | | | | |
|---|---|---|---|---|
| | ①傘<br>傘 | ⓪鞄<br>皮包 | | |
| | ②靴<br>鞋子 | ⓪車<br>車 | | |
| 新しい<br>新 | ⓪携帯（スマホ）<br>手機（smartphone） | ⓪財布<br>錢包 | が | 欲しいです。<br>想要～。 |
| | ⓪時計<br>手錶，時鐘 | ②服<br>衣服 | | 買いたいです。<br>想買～。 |
| | ⓪帽子<br>帽子 | ①眼鏡（メガネ）<br>眼鏡 | | |

020

## 會話大聲講 ▶▶▶

MP3 06

⑱ 新（あたら）しい携帯（けいたい）が買（か）いたいです。

酒井（さかい）： あ、福田（ふくだ）さん。どこへ行（い）きますか。
啊，福田小姐。要去哪裡呢？

福田（ふくだ）： ちょっとコンビニへ行（い）きます。
要去一下便利商店。

酒井（さかい）： 何（なに）が買（か）いたいですか。
想買什麼呢？

福田： コーヒーとミルクが買いたいです。
想買咖啡和牛奶。

酒井さんも一緒に行きませんか。
酒井先生要不要也一起去呢？

酒井： いいですね。
好啊。

## 延伸學習 ▶▶▶ 　　　　　　　　　　　　　　MP3 07

1. ~たい

    ① すみません、（単品・追加）で注文したいんですが。
    不好意思，我想（單點・加點）。

    ② （試着・返品・注文・予約・キャンセル）したいんですが。
    我想（試穿・退貨・點餐・預約・取消）。

    ③ 荷物を預けたいんですが。　　　我想寄放行李。

    ④ 台湾まで送りたいんですが。　　想寄到台灣。

    ⑤ （スカイツリー・原宿）へ行きたいんですが。
    我想去（晴空塔・原宿）。

2. ~易い

    ① （太り・滑り・疲れ・忘れ）やすい。
    容易（胖・滑倒・累・忘記）。

    ② （書き・使い・覚え）やすい。
    好（寫・用・記）。

3. ~難い

    ① （書き・使い・分かり・説明し・痩せ・覚え・見）にくい。
    難（寫・用・懂・說明・瘦・記・看）。

    ② 言いにくい。　　　難以啟齒。

※「~易い」、「~難い」較常以平假名書寫。

⑱ 新しい携帯が買いたいです。

**好記實用的單字一起學！**　　　　　　　　　　　　　　🔊 MP3 08

**1.**

| ちゅうい<br>注意 | ちゅうし<br>注視 | ちゅうしゃ<br>注射 | ちゅうにゅう<br>注入 | ちゅうもく<br>注目 | ちゅうもん<br>注文 |
|---|---|---|---|---|---|
| 注意 | 注視 | 注射，打針 | 注入 | 注目 | 訂購，點餐 |

**2.**

| じかん<br>時間 | じき<br>時期 | じきゅう<br>時給 | じこくひょう<br>時刻表 | じさ<br>時差 | じだいおくれ<br>時代遅れ |
|---|---|---|---|---|---|
| 時間 | 時期 | 鐘點費 | 時刻表 | 時差 | 落伍 |

### 翻譯寫寫看 ▶▶▶

1. 現在什麼也不想吃。

2. 我想在百貨公司買新的錢包。

3. 想買什麼樣的包包呢?

4. 暑假是想和朋友去日本旅行。

5. 我不想看這部電影。

**⓲ 新しい携帯が買いたいです。**

### 翻譯寫寫看解答 ▶▶▶

1. 今何も食べたくないです。
2. 私はデパートで新しい財布が買いたいです。
3. どんな鞄が買いたいですか。
4. 夏休みは友達と日本へ旅行に行きたいです。
5. 私はこの映画が見たくないです。

# lesson 19 第十九課　試着してもいいですか。
可以試穿嗎？

**文法時間** ▶▶▶ て形句型　　　◀ MP3 09

1.

| | |
|---|---|
| 待（ま）っ<br>等 | 買（か）っ<br>買 |
| 使（つか）っ<br>用 | 触（さわ）っ<br>摸 |
| 聞（き）い<br>問，聽 | 行（い）っ<br>去 |
| 話（はな）し<br>談，説 | 入（はい）っ<br>進去 |
| 見（み）<br>見，看 | 着（き）<br>穿 |
| 食（た）べ<br>吃 | 確認（かくにん）し<br>確認 |
| 試食（ししょく）し<br>試吃 | 試着（しちゃく）し<br>試穿 |
| 修理（しゅうり）し<br>修理 | 予約（よやく）し<br>預約 |

てもいいですか。
可以～嗎？

てみ｜ます。
看看

てもいいです。
可以～。

たいです。
想～。

2.

| <ruby>頼<rt>たの</rt></ruby>ん<br>拜託，請求 | <ruby>飲<rt>の</rt></ruby>ん<br>喝 | でもいいですか。<br>可以～嗎？ |
|---|---|---|
| <ruby>住<rt>す</rt></ruby>ん<br>住 | <ruby>読<rt>よ</rt></ruby>ん<br>讀 | でみ　ます。<br>看看 |
| <ruby>遊<rt>あそ</rt></ruby>ん<br>玩 | <ruby>選<rt>えら</rt></ruby>ん<br>選 | てもいいです。<br>可以～。 |
| | | たいです。<br>想～。 |

## 會話大聲講 ▶▶▶

MP3 10

⑲ 試着してもいいですか。

店員： いらっしゃいませ！何かお探しですか。
歡迎光臨！是在找什麼嗎？

小山： 黒いスーツを探しているんですが。
我 正在 找黑色套裝。

店員： こちらは、いかがでしょうか。
這件，如何呢？

小山： 試着してもいいですか。
可以試穿嗎？

029

店員:　はい、こちらへどうぞ。
　　　　可以,這邊請。

## 延伸學習 ▶▶▶  🔊 MP3 11

1. ～か

① 何か ｜ 欲しい　食べたい ｜ 物はありますか。
　　有什麼　　想要的　　想吃的　　　東西嗎？
　　　　　　 飲みたい　買いたい
　　　　　　 想喝的　　想買的

② 何か問題はありますか。　　　　　　　有什麼問題嗎？
③ いつかまた会いましょう。　　　　　　哪天再見個面吧！
④ どこか行きたいところはありますか。　有想去哪個地方嗎？

2. ～ている

① 父は今テレビを見ている。　　　　　　爸爸現在正在看電視。（常體）
② 見ているだけです。　　　　　　　　　只是看看。
③ ここは空いていますか。　　　　　　　這裡有人坐嗎？（敬體）
④ どのアプリを使っていますか。　　　　你用哪個 App？
⑤ （エアコン・ドライヤー・テレビ）が壊れています。
　　（空調・吹風機・電視）壞了。
⑥ 朝ご飯はまだ食べていない。　　　　　早餐還沒吃。（否定常體）
⑦ これは注文していないんですが。　　　我沒點這個。（否定敬體）
⑧ 注文した物がまだ来ていないんですが。
　　我點的東西還沒來。

**19** 試着してもいいですか。

031

3. もっと（安い・大きい・小さい・長い・短い）のはありませんか。
   沒有更（便宜・大・小・長・短）的嗎？

4. お買い得ですね。　　很划算喔。

5. 売り切れです。　　售完。

**好記實用的單字一起學！** ▶▶▶　　🔊 MP3 12

1.

| かんしょう | かんぜん | かんぱい | かんばい | かんぺきしゅぎ | かんりょう |
|---|---|---|---|---|---|
| 完勝 | 完全 | 完敗 | 完売 | 完璧主義 | 完了 |
| 全勝 | 完全 | 慘敗 | 賣完 | 完美主義 | 完成，完畢 |

2.

| こじんよう | こどもよう | プレゼント用 | じぶんよう |
|---|---|---|---|
| 個人用 | 子供用 | プレゼント用 | 自分用 |
| 個人用 | 小孩用 | 送禮用 | 自用 |

| じつよう | しよう | しんよう | りよう |
|---|---|---|---|
| 実用 | 使用 | 信用 | 利用 |
| 實用 | 使用 | 信用 | 利用 |

3.

| ようい | ようけん | ようじ | ようじん |
|---|---|---|---|
| 用意 | 用件 | 用事 | 用心 |
| 準備 | 事情 | 事情 | 小心 |

| ようすい | ようと | ようひん | ようりょう |
|---|---|---|---|
| 用水 | 用途 | 用品 | 用量 |
| 用水 | 用途 | 用品 | 用量 |

**翻譯寫寫看** ▶▶▶

1. 在日本想穿看看和服。（着物）

   _____

2. 可以摸看看這件衣服嗎？

   _____

3. 想去吃看看那家有名的餐廳。

   _____

4. 明天想和同事一起去看看新的百貨公司。

   _____

5. 在超市有什麼想買的東西嗎？

   _____

⑲ 試着してもいいですか。

**翻譯寫寫看解答** ▶▶▶

1. 日本で着物を着てみたいです。
2. この服を触ってみてもいいですか。
3. あの有名なレストランへ食べに行ってみたいです。
4. 明日同僚と一緒に新しいデパートへ行ってみたいです。
5. スーパーで何か買いたい物はありますか。

# lesson 20 第二十課 | 教えてくれますか。
可以教我嗎？

### 文法時間 ▶▶▶ 授受動詞　　　MP3 13

1. ～あげる

   ① このネクタイは明日彼氏にあげます。
   這條領帶明天要給男朋友。

   ② 母の日に母にマフラーをあげたいです。
   母親節想送媽媽圍巾。

   ③ 写真を撮ってあげましょうか。
   幫你拍照吧？

2. ～くれる

   ① このセーターは井上さんが（私に）くれました。
   這件毛衣是井上小姐給（我）的。

   ② 去年父がスマホを買ってくれました。
   去年爸爸買手機給我。

   ③ 昨夜、三島さんが車で駅まで送ってくれました。
   昨晚，三島先生開車送我到車站。

3. ～もらう

   ① この指輪は佐藤さんに（から）もらいました。
   這個戒指是佐藤先生送的。

   ② （これ・観光地図・時刻表）をもらってもいいですか。
   （這個・觀光地圖・時刻表）可以拿嗎？

   ③ 写真を撮ってもらってもいいですか。
   可以幫我拍照嗎？

035

## 會話大聲講　▶▶▶　　　　　　　　　　　　　　🔊 MP3 14

**林：** この前、藤田さんにすき焼きを作ってもらいました。
前陣子，藤田小姐做壽喜燒給我吃。

とても美味しかったです。
非常好吃。

**陳：** 私も一度食べてみたいです。
我也想吃一次看看。

**林：** 藤田さんが作り方を教えてくれたので、
因為 藤田小姐有教我作法，

今度家へ遊びに来る時、作ってあげましょうか。
所以 下次來我們家玩時，做給你吃吧。

陳: 本当ですか。嬉しいです。
真的嗎？太高興了。

20 教えてくれますか。

## 延伸學習

### 1. ～方(かた)

| | | |
|---|---|---|
| 言(い)い 説 | 行(い)き 去 | |
| 教(おし)え 教 | 考(かんが)え 想 | 方(かた) ～法；～的方法 |
| 使(つか)い 用 | 食(た)べ 吃 | |
| 飲(の)み 喝 | やり 做 | |

→ この使(つか)い方(かた)が分(わ)からないので、教(おし)えてくれませんか。
這個用法我不懂，所以可不可以教我呢？

### 2. ～ので

① ちょっと疲(つか)れたので、早(はや)く寝(ね)ます。
因為有點累，所以要早點睡。

② 時間(じかん)がないので、早(はや)く行(い)きましょう。
因為沒時間了，所以趕快走吧。

③ 昨日(きのう)は頭(あたま)が痛(いた)かったので、会社(かいしゃ)を休(やす)みました。
昨天因為頭痛，所以沒去公司。

④ ちょっと用事(ようじ)があるので、お先(さき)に失礼(しつれい)します。
因為有點事，所以先告辭了。

⑤ 寝坊（ねぼう）したので、遅刻（ちこく）しました。
　因為睡過頭，所以遲到了。

## 好記實用的單字一起學！　　MP3 16

**1.**

| お好（この）み焼（や）き | すき焼（や）き | 鯛（たい）焼（や）き | たこ焼（や）き |
|---|---|---|---|
| 什錦燒 | 壽喜燒 | 鯛魚燒 | 章魚燒 |
| 鉄板（てっぱん）焼（や）き | 鍋（なべ）焼（や）きうどん | 生姜（しょうが）焼（や）き | 目玉（めだま）焼（や）き |
| 鐵板燒 | 鍋燒烏龍麵 | 薑燒豬肉 | 荷包蛋 |
| 焼（や）きうどん | 焼（や）き餃子（ぎょうざ） | 焼（や）き魚（ざかな） | 焼（や）きそば |
| 炒烏龍麵 | 煎餃 | 烤魚 | 炒麵 |
| 焼（や）き鳥（とり） | 焼（や）き肉（にく） | 焼（や）き餅（もち） | 焼酎（しょうちゅう） |
| 烤雞肉串 | 烤肉 | 烤年糕，吃醋 | 燒酒 |

**2.**

| 鰻丼（うなどん） | 親子丼（おやこどん） | 海鮮丼（かいせんどん） | カツ丼（どん） |
|---|---|---|---|
| 鰻魚蓋飯 | 滑蛋雞肉蓋飯 | 海鮮蓋飯 | 炸豬排蓋飯 |
| 牛丼（ぎゅうどん） | 鉄火丼（てっかどん） | 天丼（てんどん） | 豚丼（ぶたどん） |
| 牛肉蓋飯 | 鮪魚生魚片蓋飯 | 天婦羅蓋飯 | 豬肉蓋飯 |

⑳ 教（おし）えてくれますか。

039

**翻譯寫寫看** ▶▶▶

1. 父親節想送爸爸領帶。

2. 可不可以買新的手機給我？

3. 這個包包是男朋友送的。

4. 昨天因為很累，所以早睡。

5. 可不可以教我這道菜的作法？

---

**翻譯寫寫看解答** ▶▶▶

1. 父の日に父にネクタイをあげたいです。
2. 新しいスマホを買ってくれませんか。
3. この鞄は彼氏にもらいました。
4. 昨日はとても疲れたので、早く寝ました。
5. この料理の作り方を教えてくれませんか。

# lesson 21 第二十一課 早寝早起きした方がいいです。
早睡早起比較好。

**文法時間** ▶▶▶ た形句型　　　　　　　　　　🔊 MP3 17

もう少し待った
再等一會兒

早く帰った
快點回家

駅員に聞いた
問車站站務員

早めに来た
早點來

（電車・バス・地下鉄・新幹線）で行った
搭（電車・公車・地下鐵・新幹線）去

この薬を飲んだ
吃這個藥

ゆっくり休んだ
好好休息

（ダイエット・注意・運動）した
（減一下肥・注意一下・運動一下）

方がいいです。
～比較好。

21 早寝早起きした方がいいです。

041

## 會話大聲講 ▶▶▶  🔊 MP3 18

**中野（なかの）：** すみません、池袋（いけぶくろ）へ行（い）きたいんですが。
不好意思，我想去池袋……。

**山口（やまぐち）：** 池袋（いけぶくろ）なら電車（でんしゃ）で行（い）った方（ほう）が早（はや）いです。
池袋的話搭電車去比較快。

ただ、新宿（しんじゅく）で乗（の）り換（か）えが必要（ひつよう）です。
不過，必須在新宿換車。

**中野（なかの）：** はい、分（わ）かりました。どうもありがとうございます。
是，我知道了。非常謝謝。

**延伸學習** ▶▶▶　　　　　　　　　　　　　　　🔊 MP3 19

1. ～なら

    ① それならいいです。　　　　　　　那樣的話就不用了。

    ② 土曜日なら、大丈夫です。　　　　星期六的話，沒問題。

    ③ 雨なら、試合は（中止・延期）でしょう。
    下雨的話，比賽會（取消・延期）吧。

    ④ 眠いなら、寝てもいいですよ。　　想睡的話，可以睡喔。

    ⑤ スマホが欲しいなら、買ってあげるよ。
    想要手機的話，我買給你啦。

    ⑥ 運転するなら、お酒を飲まないで下さい。
    要開車的話，請不要喝酒。

2. 動詞＋動詞（複合動詞）

    ① 突然（笑い・泣き）出した。　　　突然（笑・哭）出來了。

    ② 突然思い出した。　　　　　　　　突然想起來了。

    ③ 彼はただの知り合いだ。　　　　　他只是個認識的人而已。

    ④ 店内でお召し上がりですか。
    在店內用嗎？
    → はい。／いいえ、持ち帰りです。（テイクアウトです。）
    　是的。／不，外帶。（take out）

**21** 早寝早起きした方がいいです。

043

3. 必要(ひつよう)

① (予約(よやく)・前金(まえきん))が必要(ひつよう)ですか。　　需要（預約・付訂金）嗎？

② 行(い)く必要(ひつよう)もありません。　　也沒必要去。

③ (言(い)う・話(はな)す・持(も)つ)必要(ひつよう)はありません。
　　沒必要（說・談・帶）。

4. 日本製(にほんせい)の方(ほう)が高(たか)いです。　　日本製的比較貴。

5. (新(あたら)しい・安(やす)い)方(ほう)がいいです。　　（新的・便宜的）比較好。

6. (買(か)わ・聞(き)か・信(しん)じ・無理(むり)し・徹夜(てつや)し)ない方(ほう)がいいです。
　　不要（買・問・相信・勉強・熬夜）比較好。

---

## 好記實用的單字一起學！　　MP3 20

**1.**

| 入口(いりぐち) | 出口(でぐち) | 改札口(かいさつぐち) | 中央口(ちゅうおうぐち) | 非常口(ひじょうぐち) |
|---|---|---|---|---|
| 入口 | 出口 | 剪票口 | 中央出口 | 緊急出口 |
| 東口(ひがしぐち) | 西口(にしぐち) | 南口(みなみぐち) | 北口(きたぐち) | 東西南北(とうざいなんぼく) |
| 東出口 | 西出口 | 南出口 | 北出口 | 東西南北 |

**2.**

| 乗(の)り合(あ)い | 乗(の)り遅(おく)れ | 乗(の)り換(か)え | 乗(の)り越(こ)し |
|---|---|---|---|
| 共乘 | 沒趕上車 | 換車 | 坐過站 |
| 乗(の)り捨(す)て | 乗(の)り継(つ)ぎ | 乗(の)り間違(まちが)え | |
| 甲租乙還 | 轉機 | 搭錯車 | |

**翻譯寫寫看** ▶▶▶

1. 台灣比較熱。

   _____

2. 不懂的話,問老師比較好。

   _____

3. 不要去這家醫院比較好。

   _____

4. 要喝酒的話,請不要開車。

   _____

5. 今天可以早點回家嗎?

   _____

**翻譯寫寫看解答** ▶▶▶
1. 台湾の方が暑いです。
2. 分からないなら、先生に聞いた方がいいです。
3. この病院へ行かない方がいいです。
4. お酒を飲むなら、運転しないで下さい。
5. 今日は早めに帰ってもいいですか。

# lesson 22 第二十二課 | 二度と遅れるな。
別再遲到了！

**文法時間** ▶▶▶ 禁止　　　🔊 MP3 21

## 1. 動詞＋な

|0| 買う　買
|0| 行く　去
|0| 聞く　問，聽
|0| 無くす　弄丟
|3| 信じる　信
|0| 遅れる　遲到
|0| 忘れる　忘了

|0| 笑う　笑
|0| 泣く　哭
|2| 話す　講話
|1| 入る　進去
|1| 見る　看
|2| 食べる　吃
|1| 来る　來

～な。
別～！

## 2. 名詞＋する＋な

<ruby>0 心配<rt>しんぱい</rt></ruby>
擔心

<ruby>0 遅刻<rt>ちこく</rt></ruby>
遲到

<ruby>1 無理<rt>むり</rt></ruby>
勉強

<ruby>1 無視<rt>むし</rt></ruby>
不理人

4 アップロード
上傳

4 ダウンロード
下載

するな。
別～！

## 會話大聲講 ▶▶▶　　　　　　　　　　　　　🔊 MP3 22

前田：ごめん。渋滞で遅れた。すまない。
抱歉。因塞車遲到了。對不起。

村上：また言い訳するなよ！
別再找藉口了！

前田：言い訳じゃない。本当だよ。
不是藉口。真的啦。

村上：約束の時間に、いつも遅れるよね。
約定的時間，總是遲到喔。

前田: ごちそうするから、怒るなよ！
我請客，所以別生氣啦！

村上: 実は私も寝坊して、今来たばかりなんだ！
其實我也睡過頭，現在才剛到！

### 延伸學習　　　　　　　　　　　　　　MP3 23

1.

| 勝手に<br>亂，隨便 | 言う　説<br>買う　買<br>使う　用<br>触る　摸<br>見る　看<br>決める　決定 | な。<br>別～！ |

2. で：表原因
   ① 今朝（事故・渋滞）で仕事に遅れました。
   今天早上因為（車禍・塞車）而上班遲到了。
   ② （仕事・出張・観光・留学）で日本に来ました。
   因為（工作・出差・觀光・留學）而來到日本。
   ③ 昨日病気で学校を休みました。
   昨天因為生病而沒去學校。
   ④ これは人気商品で、もう売り切れです。
   這個是人氣商品，所以已經售完了。

3. ～ばかり
   ① （男・女・嘘・口・仕事）ばかりだ。
   全是男的・全是女的・淨是謊言・光說不練・只顧著工作。
   ② 食べたばかりです。　　　剛吃過。
   ③ 帰ったばかりです。　　　剛回到家。
   ④ 日本に着いたばかりです。　剛到日本。

好記實用的單字一起學！　　　　　　　　　　　　　　　　　MP3 24

**1.**

| いんしょくきんし<br>飲食禁止 | おうだんきんし<br>横断禁止 | さつえいきんし<br>撮影禁止 | たちいりきんし<br>立入禁止 |
|---|---|---|---|
| 禁止飲食 | 禁止穿越 | 禁止拍攝 | 禁止進入 |
| ちゅうしゃきんし<br>駐車禁止 | ちゅうりんきんし<br>駐輪禁止 | す　きんし<br>ポイ捨て禁止 | も　こ　きんし<br>持ち込み禁止 |
| 禁止停車 | 禁止停放腳踏車 | 禁止亂丟垃圾 | 禁止攜帶入內 |

**2.**

| むかんかく<br>無感覚 | むかんけい<br>無関係 | むかんじょう<br>無感情 | むかんしん<br>無関心 | むげん<br>無限 |
|---|---|---|---|---|
| 沒感覺 | 無關 | 無感情 | 不關心 | 無限 |
| むし<br>無視 | むしょう<br>無性に | むじょう<br>無常 | むじょうけん<br>無条件 | むしんけい<br>無神経 |
| 無視 | 非常 | 無常 | 無條件 | 反應遲鈍 |
| むよう<br>無用 | むり<br>無理 | むりょう　ゆうりょう<br>無料／有料 | | |
| 無用 | 強迫，勉強 | 免費／付費 | | |

052

**翻譯寫寫看** ▶▶▶

1. 別吃這個藥！

2. 別亂用我的手機！

3. 已經不是小孩了，別哭！

4. 明天有考試，所以別睡過頭！

5. 今天早上因為塞車而上課遲到了。

22 二度と遅れるな。

**翻譯寫寫看解答** ▶▶▶

1. この薬は飲むな。
2. 私のスマホを勝手に使うな。
3. もう子供じゃないから、泣くな。
4. 明日試験があるから、寝坊するな。
5. 今朝渋滞で授業に遅れました。

# lesson 23 第二十三課 | 許せない。
無法原諒。

**文法時間** ▶▶▶ 動詞的能力句①　　　🔊 MP3 25

| | | |
|---|---|---|
| 会え<br>能見面 | 洗濯機で洗え<br>能用洗衣機洗 | |
| 言え<br>敢説 | 歌え<br>會唱 | る。<br>肯定（常體） |
| 使え<br>能用 | 行け<br>能去 | ます。<br>肯定（敬體） |
| 話せ<br>會説 | 許せ<br>能原諒 | ない。<br>否定（常體） |
| 飲め<br>會喝 | 休め<br>能休息 | ません。<br>否定（敬體） |
| 選べ<br>能選擇 | 帰れ<br>能回家 | |

055

## 會話大聲講　▶▶▶　　　　　　　　　　　🔊 MP3 26

**桑原：** 仕事が終わったら、飲みに行かない？
工作結束後，要不要去喝一杯？

**野田：** 行きたいけど、明日、朝から大事な会議があるから、飲めないの。
雖然很想去，但明天從早上就有重要的會議，所以不能喝。

**桑原：** それは残念。じゃあ、明日一緒に夕食でもどう？
那好可惜喔。那麼，明天一起吃個晚餐如何？

**野田：** 勿論いいよ。
當然好啊。

## 延伸學習　▶▶▶　　　　　　　　　　　　🔊 MP3 27

1. ~たら

① 雨が降ったら、中止です。
下雨的話，會取消。

② 軽井沢に着いたら、教えてください。
到輕井澤的話，請告訴我。

③ お金があったら、こんな車が買えるね。
有錢的話，就能買得起這樣的車子了呢。

④ 食べたら、すぐ出発しましょう。
吃完之後，馬上出發吧。

2. 能力句

① 切符はどこで買えますか。　　　　　　在哪裡能買得到票呢？
② ここから歩いて行けますか。　　　　　從這裡走路能到嗎？
③ （ネット・カード）が使えますか。　　能（上網・刷卡）嗎？
④ 中国語の話せる店員さんはいますか。　有會説中文的店員嗎？

⑤
| 毛布 | 枕 |
| --- | --- |
| 毯子 | 枕頭 |
| タオル | 袋 |
| 毛巾 | 袋子 |
| メニュー | お箸 |
| 菜單 | 筷子 |
| お皿 | |
| 盤子 | |

をもらえますか。
可以給我~嗎？

23 許せない。

3. でも

① 何時(なんじ)でもいいです。　　　　　　幾點都可以。

② 何(なん)でもいいです。　　　　　　　　什麼都可以。

③ いつでもいいです。　　　　　　　　隨時都可以。

④ 誰(だれ)でもいいです。　　　　　　　　誰都可以。

⑤ どこでもいいです。　　　　　　　　哪裡都可以。

⑥ これはネットでも買(か)えるよ。　　　　這個在網路上也都能買得到喔。

⑦ 子供(こども)でも知(し)ってるよ。　　　　　連小孩都知道喔。

⑧ お茶(ちゃ)でも飲(の)みませんか。　　　　要不要喝個茶呢？（列舉）

⑨ 明日(あした)雨(あめ)でも温泉(おんせん)に行(い)く。　　明天即使下雨也要去泡溫泉。

**好記實用的單字一起學!**　▶▶▶　　🔊 MP3 28

## 1.

| さいあく<br>最悪 | さいきょう<br>最強 | さいきん<br>最近 | さいご<br>最後 | さいこう<br>最高 | さいてい<br>最低 |
|---|---|---|---|---|---|
| 最壞,最糟糕 | 最強 | 最近 | 最後 | 最高,極佳 | 最低,惡劣 |
| さいしゅうかい<br>最終回 | さいしゅうび<br>最終日 | さいしょ<br>最初 | さいしん<br>最新 | さいちゅう<br>最中 | |
| 最後一回 | 最後一天 | 最初 | 最新 | 正在 | |

## 2.

| げんりょう<br>原料 | りょう<br>サービス料 | ざいりょう<br>材料 | じゅぎょうりょう<br>授業料 | せんがんりょう<br>洗顔料 | ちょうみりょう<br>調味料 |
|---|---|---|---|---|---|
| 原料 | 服務費 | 材料 | 學費 | 洗面乳 | 調味料 |
| にゅうじょうりょう<br>入場料 | てすうりょう<br>手数料 | はいそうりょう<br>配送料 | むりょう<br>無料 | ゆうりょう<br>有料 | |
| 入場費 | 手續費 | 運費 | 免費 | 付費 | |

23 許せない。

**翻譯寫寫看** ▶▶▶

1. 下課後,要不要一起去吃飯?

2. 喝了酒之後,請不要開車。

3. 他連日語都能講得很好喔。

4. 這支手錶非常貴,買不起呀。

5. 有時間的話,請來我家玩。

---

**翻譯寫寫看解答** ▶▶▶

1. 授業が終わったら、一緒に食事に行かない?
2. お酒を飲んだら、運転しないでください。
3. 彼は日本語でも上手に話せますよ。
4. この時計はとても高いから、買えないよ。
5. 時間があったら、家へ遊びに来てください。

# lesson 24 第二十四課（だいにじゅうよんか） | 今（いま）すぐ決（き）められません。
現在無法馬上決定。

## 文法時間 ▶▶▶  🔊 MP3 29

### 1. 動詞的能力句②

| | | | |
|---|---|---|---|
| 起（お）き<br>站起來，起床，發生 | 見（み）<br>看到 | | る。<br>肯定（常體） |
| 変（か）え<br>改變 | 考（かんが）え<br>想，思考，思索，考慮 | られ<br>能 | ます。<br>肯定（敬體） |
| 決（き）め<br>決定 | 食（た）べ<br>吃 | | ない。<br>否定（常體） |
| 寝（ね）<br>睡覺 | 来（こ）<br>來 | | ません。<br>否定（敬體） |

061

## 2. 名詞的能力句

| | | | |
|---|---|---|---|
| ⓪ 安心(あんしん) 安心 | ⓪ 延期(えんき) 延期 | | |
| ⓪ 解決(かいけつ) 解決 | ⓪ 確認(かくにん) 確認 | | |
| ⓪ 結婚(けっこん) 結婚 | ⓪ 参加(さんか) 參加 | | |
| ⓪ 試食(ししょく) 試吃 | ⓪ 試着(しちゃく) 試穿 | | る。<br>肯定（常體） |
| ① 修理(しゅうり) 修理 | ⓪ 使用(しよう) 使用 | でき<br>能 | ます。<br>肯定（敬體） |
| ⓪ 出発(しゅっぱつ) 出發 | ⓪ 選択(せんたく) 選擇 | | ない。<br>否定（常體） |
| ⓪ 卒業(そつぎょう) 畢業 | ⓪ 注文(ちゅうもん) 訂購，點菜 | | ません。<br>否定（敬體） |
| ⓪ 返品(へんぴん) 退貨 | ⓪ 予約(よやく) 預約 | | |
| ⓪ 利用(りよう) 利用 | ⓪ 連絡(れんらく) 聯絡 | | |

## 會話大聲講

▶ MP3 30

吉田： 大山さんは何か食べられない物はありますか。
大山先生有什麼不敢吃的東西嗎？

大山： そうですね。生物以外なら、何でも食べられます。
這個嘛。生的東西之外的話，什麼都敢吃。

吉田： じゃあ、中華料理はどうですか。
那麼，中華料理如何呢？

大山： いいですね。
好啊。
どこか安くて美味しい中華料理屋さんを知っていますか。
你知道哪裡有便宜又好吃的中華料理店嗎？

24 今すぐ決められません。

063

吉田： 知らないので、ググってみましょう。
我不知道,所以用 Google 搜尋看看吧。

大山： そうしましょう。
就這麼辦吧。

## 延伸學習　　　▶▶▶　　　🔊 MP3 31

1. ~~できる~~

    ① いつできますか。　　　什麼時候可以好呢？

    ② よくできました。　　　做得好。

    ③ 準備ができました。　　準備好了。

    ④ （返品・お願い）できますか。
    能（退貨・麻煩您）嗎？

    ⑤ 注文をキャンセルできますか。
    可以取消點的菜嗎？

    ⑥ このレストランはネットで予約できます。
    這家餐廳可以用網路預約。

    ⑦ 電子マネーでお会計ができますか。
    能用電子支付結帳嗎？

2. ~~なら~~

    ① 日曜日なら、参加できません。
    星期天的話，無法參加。

    ② 簡単な料理なら、勿論作れますよ。
    簡單的料理的話，當然會做啊。

    ③ 台風なら、延期できますか。
    颱風的話，能延期嗎？

24 今すぐ決められません。

065

3. どう～

① 味はどうですか。　　　　　　　味道如何呢？
② どうしたらいい？　　　　　　　怎麼辦才好？
③ どうしようもない。　　　　　　毫無辦法。
④ あなたならどうする？　　　　　若是你的話會怎麼辦？
⑤ あの人をどう思いますか。　　　你覺得那個人怎麼樣呢？

**好記實用的單字一起學！**  🔊 MP3 32

### 1.

| 揚げ物(あげもの) | 落とし物(おとしもの) | 贈り物(おくりもの) | 買物(かいもの) | 着物(きもの) |
|---|---|---|---|---|
| 炸物 | 失物 | 禮物 | 買東西 | 和服 |
| 果物(くだもの) | 食べ物(たべもの) | 建物(たてもの) | 生物(なまもの) | 偽物(にせもの)／本物(ほんもの) |
| 水果 | 食物 | 建築物 | 生的東西 | 仿冒品／真貨 |
| 飲物(のみもの)（飲み物） | | 忘れ物(わすれもの) | 割れ物(われもの) | |
| 飲料 | | 遺忘的東西 | 易碎物 | |

### 2.

| 居酒屋(いざかや) | お菓子屋(かしや) | 玩具屋(おもちゃや) | 薬屋(くすりや) | 果物屋(くだものや) | 靴屋(くつや) |
|---|---|---|---|---|---|
| 居酒屋 | 點心店 | 玩具店 | 藥局 | 水果店 | 鞋店 |
| 靴下屋(くつしたや) | 寿司屋(すしや) | 時計屋(とけいや) | 床屋(とこや) | 電気屋(でんきや) | 花屋(はなや) |
| 襪子專賣店 | 壽司店 | 鐘錶店 | 理髮店 | 電器行 | 花店 |
| パン屋(や) | 文房具屋(ぶんぼうぐや) | 本屋(ほんや) | 眼鏡屋(めがねや) | 八百屋(やおや) | ラーメン屋(や) |
| 麵包店 | 文具店 | 書店 | 眼鏡行 | 蔬菜店 | 拉麵店 |

**㉔ 今(いま)すぐ決(き)められません。**

067

**翻譯寫寫看** ▶▶▶

1. 六點的話,起不來呀。

_____

2. 這部車子非常舊,所以無法修理。

_____

3. 這家飯店的話,可以看到富士山喔。(富士山)

_____

4. 星期日的話,幾點都可以。

_____

5. 簡單的日語的話,當然會說啊。

_____

---

**翻譯寫寫看解答** ▶▶▶

1. 六時なら、起きられませんよ。
2. この車はとても古いから、修理できません。
3. このホテルなら、富士山が見られますよ。
4. 日曜日なら、何時でもいいです。
5. 簡単な日本語なら、勿論話せますよ。

# lesson 25

## 第二十五課 食べれば分かります。
吃了就知道。

**文法時間** ▶▶▶ 假定句　　　　　　　　　　　　🔊 MP3 33

① 渋谷はどう行けばいいですか。
澀谷要怎麼去才好呢？

② 時間があれば、あちこち旅行したいです。
有時間的話，想四處旅行。

③ （使え・行け・飲め・見れ・食べれ）ば、分かります。
（用・去・喝・看・吃）了就知道。

④ どうすればいいですか。
怎麼辦才好呢？

⑤ 毎日練習すれば上手になります。
每天練習的話，就會變厲害了。

⑥ できれば、（禁煙・窓側の）席がいいんですが……。
可以的話，想要（禁菸區・靠窗）的位子……。

⑦ 明日来れば、ゆっくり話せますよ。
如果明天來的話，就能好好談了喔。

⑧ 早く来れば、いい席が取れます。
若早點來的話，就能坐到好位子。

## 會話大聲講　▶▶▶　　　　　　　　　　　　　　🔊 MP3 34

坂井：どうしましたか。顔色が悪いですね。
　　　怎麼了？臉色不太好喔。

木下：ちょっと寒気がするんです。
　　　覺得有點冷。

坂井：この風邪薬を飲めば、よくなるかもしれません。
　　　吃這個感冒藥的話，或許就會好了。

木下：どうもありがとうございます。
　　　實在太感謝了。

坂井（さかい）: ゆっくり休（やす）んで下（くだ）さいね。
請 好好休息喔。

25 食（た）べれば分（わ）かります。

## 延伸學習　　　MP3 35

1. ~がする
   ① 寒気がする。　　　　　　　覺得冷。
   ② 吐き気がする。　　　　　　感覺想吐。
   ③ 目眩がする。　　　　　　　暈眩。
   ④ いい匂いがする。　　　　　好香。
   ⑤ 変な（匂い・音）がする。　有怪（味道・聲音）。
   ⑥ 彼は今日来ない気がする。　覺得他今天不會來。

2. ~で／て下さい
   ① この薬は（食前・食後）に飲んで下さい。
   這個藥請（飯前・飯後）服用。

   ② すみません、〜て下さい。
   不好意思，請〜。

   - ゆっくり話し　慢慢説
   - 使い方を教え　告訴我使用方法
   - 部屋を掃除し　打掃房間
   - ここに書い　寫在這裡
   - もう一度（言っ・確認し）　再（説・確認）一次

3. （足・頭・胃・お腹・喉・歯・目）が痛いんです。
（腳・頭・胃・肚子・喉嚨・牙齒・眼睛）痛。

**好記實用的單字一起學！** ▶▶▶  🔊 MP3 36

**1.**

| 胃腸薬（いちょうやく） | 睡眠薬（すいみんやく） | 頭痛薬（ずつうやく） | 鎮痛薬（ちんつうやく） | 便秘薬（べんぴやく） |
|---|---|---|---|---|
| 胃腸藥 | 安眠藥 | 頭痛藥 | 止痛藥 | 便秘藥 |

**2.**

| 胃薬（いぐすり） | 目薬（めぐすり） | 風邪薬（かぜぐすり） |
|---|---|---|
| 胃藥 | 眼藥水 | 感冒藥 |

**3.**

| 痛み止め（いたどめ） | かゆみ止め（かゆみどめ） | 下痢止め（げりどめ） | 咳止め（せきどめ） |
|---|---|---|---|
| 止痛 | 止癢 | 止瀉 | 止咳 |

| 通行止め（つうこうどめ） | 日焼け止め（ひやけどめ） | 酔い止め（よいどめ） |
|---|---|---|
| 禁止通行 | 防曬 | 暈車藥，止暈 |

㉕ 食べれば分かります。

**翻譯寫寫看** ▶▶▶

1. 這個藥要怎麼吃好呢？

2. 有錢的話，想買這樣的車子。

3. 你去的話，我也去。

4. 好好休息的話，或許就會好了。

5. 慢慢說的話，或許就會懂了。

---

**翻譯寫寫看解答** ▶▶▶

1. この薬はどう飲めばいいですか。
2. お金があれば、こんな車が買いたいです。
3. あなたが行けば、私も行きます。
4. ゆっくり休めば、よくなるかもしれません。
5. ゆっくり話せば、分かるかもしれません。

# lesson 26 第二十六課（だいにじゅうろっか）｜日本へ留学に行こうと思っています。
想去日本留學。

**文法時間** ▶▶▶ 慾惠、邀約、念頭　　　　🔊 MP3 37

① 早（はや）く帰（かえ）ろう。　　　　　　　　　　　　快回家吧。

② 一緒（いっしょ）に遊（あそ）ぼうよ。　　　　　　　　一起玩吧。

③ もう一杯（いっぱい）飲（の）もう！　　　　　　　　　再喝一杯吧！

④ 将来（しょうらい）医者（いしゃ）になろうと思っている。　　將來想當醫生。

⑤ 今日（きょう）は疲（つか）れたから、早（はや）く寝（ね）ようと思（おも）います。
今天很累，所以想要早點睡。

⑥ 今（いま）の仕事（しごと）をやめようと思っています。
想辭掉現在的工作。

⑦ 晩御飯（ばんごはん）はラーメンを食（た）べようと思っています。
晚餐打算吃拉麵。

⑧ 土曜日（どようび）の午後（ごご）部屋（へや）を掃除（そうじ）しよう。
星期六的下午來打掃房間吧。

⑨ 留学（りゅうがく）しようと思っています。　　　　　　想要留學。

⑩ また遊（あそ）びに来（こ）ようね。　　　　　　　　　還要再來玩喔。

會話大聲講 ▶▶▶  🔊 MP3 38

小泉：
晩御飯は何が食べたい？
晚餐想吃什麼呢？

金田：
今日はあまり食欲がないから、まだ食べたくないんだ。
今天沒什麼食慾，所以還不想吃。

先に食べて。
你先吃。

小泉：
ダイエットしているから、夕べの残りを少しだけ食べようかな！
我正在減肥，所以就吃一點昨晚剩下的吧！

## 延伸學習　▶▶▶　MP3 39

### 1. あまり〜ない

① 刺身はあまり好きじゃないんです。
不太喜歡生魚片。

②

| あまり / 太 | 暑く 熱 / 寒く 冷 | ない。 / 不〜。 |
|---|---|---|
| | 安く 便宜 / 高く 貴 | |
| | 嬉しく 開心 / よく 好 | |
| | 買いたく 想買 / 行きたく 想去 | |
| | 帰りたく 想回家 | |

③ もうあまりはない。　已經沒剩了。

### 2. 〜だけ

① 見ているだけです。　只是看看。
② 一つだけ買いました。　只買了一個。
③ 荷物はこれだけです。　行李只有這個。
④ 日本語は少しだけ話せます。　只會說一點日語。
⑤ できるだけ早く帰りたいです。　想盡量早一點回家。

26 日本へ留学に行こうと思っています。

**好記實用的單字一起學！**　　　　　　　　　　　　　　　🔊 MP3 40

## 1.

| たいざいさき<br>滞在先 | つとさき<br>勤め先 | とくいさき<br>得意先 | はいたつさき<br>配達先 |
|---|---|---|---|
| 停留地點 | 工作地點 | 老客戶 | 送貨地點 |

| さき<br>バイト先 | りょこうさき<br>旅行先 | れんらくさき<br>連絡先 | |
|---|---|---|---|
| 打工的地方 | 旅行地 | 連絡地點 | |

## 2.

| ちゃ<br>ウーロン茶 | ちゃ<br>お茶 | ちゃづ<br>お茶漬け | げんまいちゃ<br>玄米茶 | こうちゃ<br>紅茶 | こぶちゃ<br>昆布茶 |
|---|---|---|---|---|---|
| 烏龍茶 | 茶 | 茶泡飯 | 玄米茶 | 紅茶 | 昆布茶 |

| せんちゃ<br>煎茶 | ばんちゃ<br>番茶 | ちゃ<br>ほうじ茶 | まっちゃ<br>抹茶 | むぎちゃ<br>麦茶 | りょくちゃ<br>緑茶 | ちゃわんむ<br>茶碗蒸し |
|---|---|---|---|---|---|---|
| 煎茶 | 粗茶 | 焙茶 | 抹茶 | 麥茶 | 綠茶 | 茶碗蒸 |

## 3.

| さどう<br>茶道 | にちじょうさはんじ<br>日常茶飯事 |
|---|---|
| 茶道 | 家常便飯 |

078

**翻譯寫寫看** ▶▶▶

1. 休息一下吧!

2. 暑假想去日本旅行。

3. 下星期想買新的手機。

4. 想和男朋友一起看這部電影。

5. 明天的生日,想吃日本料理。

26 日本へ留学に行こうと思っています。

**翻譯寫寫看解答** ▶▶▶
1. ちょっと休もう!
2. 夏休みに日本へ旅行に行こうと思っています。
3. 来週新しいスマホを買おうと思っています。
4. 彼氏と一緒にこの映画を見ようと思っています。
5. 明日の誕生日に日本料理を食べようと思っています。

079

# ふろく 付録

1. 世界五大洲及國家名稱 .................................................. 082
2. 日本都道府縣及東京交通 .............................................. 085
3. 常見生活單字 ................................................................ 093

| | | | |
|---|---|---|---|
| 職業與身分 | 093 | 機關行號 | 111 |
| 各式食物 | 094 | 公共場所 | 113 |
| 各式飲料 | 098 | 交通 | 114 |
| 調味料 | 100 | 方向 | 115 |
| 服裝與飾品 | 101 | 興趣 | 117 |
| 美妝保健 | 104 | 旅遊 | 118 |
| 顏色 | 106 | 大眾媒體 | 119 |
| 購物 | 107 | 生活 | 120 |
| 建築物 | 109 | 校園 | 123 |

4. 節日與生活娛樂 ............................................................ 125

| | | | |
|---|---|---|---|
| 日本的節日 | 125 | 日本棒球小常識 | 134 |
| 日本的祭典 | 131 | | |

5. 動詞廣場 ...................................................................... 139

# 1　世界五大洲及國家名稱

**1** アジア
亞洲

**2** ヨーロッパ
歐洲

**3** アメリカ
美洲

**4** オセアニア
大洋洲

**5** アフリカ
非洲

**6** たいわん
台湾
台灣

**7** にほん
日本
日本

**8** ちゅうごく
中国
中國

**9** かんこく
韓国
韓國

**10** きたちょうせん
北朝鮮
北韓

**11** タイ
泰國

**12** ベトナム
越南

**13** シンガポール
新加坡

**14** インドネシア
印尼

**15** マレーシア
馬來西亞

**16** フィリピン
菲律賓

**17** モンゴル
蒙古

**18** ロシア
俄羅斯

082

| ⑲ インド 印度 | ⑳ パキスタン 巴基斯坦 | ㉑ ネパール 尼泊爾 |
| --- | --- | --- |
| ㉒ イスラエル 以色列 | ㉓ イラン 伊朗 | ㉔ ヨルダン 約旦 |
| ㉕ サウジアラビア 沙烏地阿拉伯 | ㉖ トルコ 土耳其 | ㉗ イギリス 英國 |
| ㉘ フランス 法國 | ㉙ ドイツ 德國 | ㉚ イタリア 義大利 |
| ㉛ ギリシャ 希臘 | ㉜ スペイン 西班牙 | ㉝ ポルトガル 葡萄牙 |
| ㉞ スイス 瑞士 | ㉟ アイスランド 冰島 | ㊱ フィンランド 芬蘭 |

附錄 ❶ 世界五大洲及國家名稱

### 37
ノルウェー
挪威

### 38
オランダ
荷蘭

### 39
ベルギー
比利時

### 40
アメリカ
美國

### 41
カナダ
加拿大

### 42
ブラジル
巴西

### 43
チリ
智利

### 44
メキシコ
墨西哥

### 45
キューバ
古巴

### 46
ニュージーランド
紐西蘭

### 47
オーストラリア
澳洲

### 48
エジプト
埃及

### 49
みなみアフリカ
南非共和國

### 50
マダガスカル
馬達加斯加

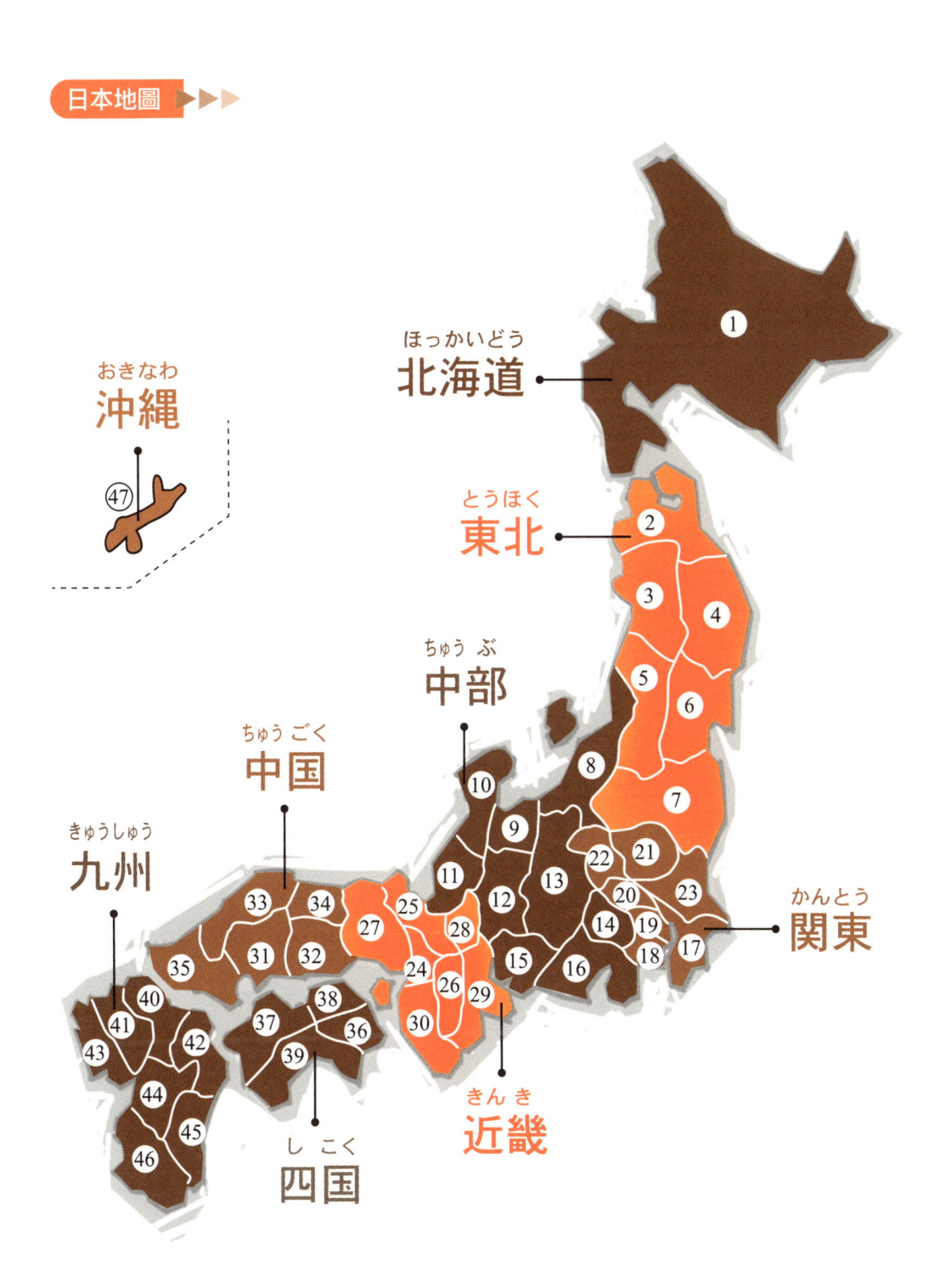

# 2 日本都道府縣及東京交通

**日本地圖** ▶▶▶

おきなわ
沖縄

ほっかいどう
北海道

とうほく
東北

ちゅうぶ
中部

ちゅうごく
中国

きゅうしゅう
九州

しこく
四国

きんき
近畿

かんとう
関東

附錄 ❷ 日本都道府縣及東京交通

085

| | | | |
|---|---|---|---|
| ① <ruby>北海道<rt>ほっかいどう</rt></ruby> | ⑬ <ruby>長野県<rt>ながのけん</rt></ruby> | ㉕ <ruby>京都府<rt>きょうとふ</rt></ruby> | ㊲ <ruby>愛媛県<rt>えひめけん</rt></ruby> |
| ② <ruby>青森県<rt>あおもりけん</rt></ruby> | ⑭ <ruby>山梨県<rt>やまなしけん</rt></ruby> | ㉖ <ruby>奈良県<rt>ならけん</rt></ruby> | ㊳ <ruby>香川県<rt>かがわけん</rt></ruby> |
| ③ <ruby>秋田県<rt>あきたけん</rt></ruby> | ⑮ <ruby>愛知県<rt>あいちけん</rt></ruby> | ㉗ <ruby>兵庫県<rt>ひょうごけん</rt></ruby> | ㊴ <ruby>高知県<rt>こうちけん</rt></ruby> |
| ④ <ruby>岩手県<rt>いわてけん</rt></ruby> | ⑯ <ruby>静岡県<rt>しずおかけん</rt></ruby> | ㉘ <ruby>滋賀県<rt>しがけん</rt></ruby> | ㊵ <ruby>福岡県<rt>ふくおかけん</rt></ruby> |
| ⑤ <ruby>山形県<rt>やまがたけん</rt></ruby> | ⑰ <ruby>千葉県<rt>ちばけん</rt></ruby> | ㉙ <ruby>三重県<rt>みえけん</rt></ruby> | ㊶ <ruby>佐賀県<rt>さがけん</rt></ruby> |
| ⑥ <ruby>宮城県<rt>みやぎけん</rt></ruby> | ⑱ <ruby>神奈川県<rt>かながわけん</rt></ruby> | ㉚ <ruby>和歌山県<rt>わかやまけん</rt></ruby> | ㊷ <ruby>大分県<rt>おおいたけん</rt></ruby> |
| ⑦ <ruby>福島県<rt>ふくしまけん</rt></ruby> | ⑲ <ruby>東京都<rt>とうきょうと</rt></ruby> | ㉛ <ruby>広島県<rt>ひろしまけん</rt></ruby> | ㊸ <ruby>長崎県<rt>ながさきけん</rt></ruby> |
| ⑧ <ruby>新潟県<rt>にいがたけん</rt></ruby> | ⑳ <ruby>埼玉県<rt>さいたまけん</rt></ruby> | ㉜ <ruby>岡山県<rt>おかやまけん</rt></ruby> | ㊹ <ruby>熊本県<rt>くまもとけん</rt></ruby> |
| ⑨ <ruby>富山県<rt>とやまけん</rt></ruby> | ㉑ <ruby>栃木県<rt>とちぎけん</rt></ruby> | ㉝ <ruby>島根県<rt>しまねけん</rt></ruby> | ㊺ <ruby>宮崎県<rt>みやざきけん</rt></ruby> |
| ⑩ <ruby>石川県<rt>いしかわけん</rt></ruby> | ㉒ <ruby>群馬県<rt>ぐんまけん</rt></ruby> | ㉞ <ruby>鳥取県<rt>とっとりけん</rt></ruby> | ㊻ <ruby>鹿児島県<rt>かごしまけん</rt></ruby> |
| ⑪ <ruby>福井県<rt>ふくいけん</rt></ruby> | ㉓ <ruby>茨城県<rt>いばらきけん</rt></ruby> | ㉟ <ruby>山口県<rt>やまぐちけん</rt></ruby> | ㊼ <ruby>沖縄県<rt>おきなわけん</rt></ruby> |
| ⑫ <ruby>岐阜県<rt>ぎふけん</rt></ruby> | ㉔ <ruby>大阪府<rt>おおさかふ</rt></ruby> | ㊱ <ruby>徳島県<rt>とくしまけん</rt></ruby> | |

**主要城市** ▶▶▶

| | |
|---|---|
| とうきょう<br>**東京**<br>東京 | 在東方,能站在世界舞台上,和紐約、倫敦、巴黎等西方國際大城並列,引領世界潮流的大都會,非東京莫屬。想了解日本嗎?第一站,就選擇東京! |
| おおさか<br>**大阪**<br>大阪 | 遊大阪的第一站理當是「大阪城」,因為這裡是大阪的象徵。接著是熱鬧、刺激的「環球影城」,透過乘坐好玩的遊樂設施、以及走進真實的電影場景,可以完全放鬆心情。至於世界最大的海洋水族館「海遊館」,令人驚歎海底世界的奇妙和大自然的偉大,豈可錯過! |
| さっぽろ<br>**札幌**<br>札幌 | 來到雪的故鄉札幌,非拜訪不可的是人氣景點「北海道廳舊本廳舍」、「時鐘台」、還有每一年都盛大舉辦雪祭的「大通公園」。由於三個景點距離很近,所以選一個晴朗的好天氣,散步去吧! |
| きょうと<br>**京都**<br>京都 | 從西元 794 年日本桓武天皇將首都由奈良遷移至京都,一直到西元 1869 年再度遷移到東京為止,京都當了大和民族一千多年的首都。在文化薰陶下,京都遺留下一千四百多間寺院、四百多間神社。其中法相莊嚴的佛像、珍貴的藝術寶物,將京都妝點成全球獨一無二的魅力古都。請您放慢腳步,細細體會⋯⋯。 |

附錄 ❷ 日本都道府縣及東京交通

087

| | |
|---|---|
| <ruby>広島<rt>ひろしま</rt></ruby><br>廣島 | 廣島，正是世界第一顆原子彈投下的地方。請到世界遺產「原子彈爆炸遺址」看看吧！在那裡祈求永遠不要再有戰爭、永遠和平。而另一個世界遺產「嚴島神社」也不容錯過。被譽為日本三景之一的它，聳立於瀨戶內海上，夕陽西下，朱紅色的建築物映照於清澈的海面上時，真是絕景。 |
| <ruby>仙台<rt>せんだい</rt></ruby><br>仙台 | 被譽為「森林之都」的仙台，因為依照四季，還舉辦各式各樣的祭典，所以也被稱為「祭典之都」。喜歡綠地嗎？喜歡熱鬧嗎？歡迎來到這裡盡情享受。當然，也別忘了順道拜訪日本三景之一的「松島」喔！ |
| <ruby>横浜<rt>よこはま</rt></ruby><br>橫濱 | 橫濱哪裡好玩呢？景點至少有「明治大正風」的「橫濱紅磚倉庫」；「西洋風」的「山手」；「中華風」的「橫濱中華街」；還有「未來風」的「港未來21」。今天，您要到哪裡呢？ |
| <ruby>名古屋<rt>なごや</rt></ruby><br>名古屋 | 相信不少人都聽過織田信長、豐臣秀吉、德川家康這三位武將，在戰國時代轟轟烈烈的故事。但是您知道他們都是出身於名古屋嗎？如果不知道，請拜訪日本三大名城之一的名古屋城吧！集美麗與雄偉於一身的古城，將述說他們叱吒風雲的故事⋯⋯。 |

| | |
|---|---|
| こうべ<br>**神戸**<br>神戶 | 神戶於幕府末期,與歐美五國締結通商友好條約,所以直到二次大戰前,這裡處處可見金髮碧眼的歐美人士。現在神戶最知名的觀光地,就屬這些歐美人士住過的「異人館街」了。十數幢建築物中,以德式建築的「風見雞之館」、以及從二樓陽台可遠眺海面的「萌黃之館」最有名,是日本國家指定重要文化財產喔! |
| ふくおか<br>**福岡**<br>福岡 | 您知道亞洲週刊每年公佈,亞洲最適合居住城市的冠軍是哪裡嗎?就是日本福岡!那裡有好山、好水、好溫泉、好拉麵、還有好人情──所以,趕快到福岡好好玩吧! |
| きたきゅうしゅう<br>**北九州**<br>北九州 | 隔關門海峽與本州遙遙相望的北九州,最有名的莫過於門司港了。一幢幢磚紅色的建築,述說著一段段百年物語,搭乘人力車徜徉其間,彷彿走入時光隧道,回到日本大正時代,您一定會喜歡。至於喜歡遊樂園的人,「太空世界」也不會讓您失望喔! |
| なは<br>**那霸**<br>那霸 | 位於日本最南端的沖繩,擁有清澈透明的海水、純白潔淨的沙灘,因此屢次成為日本電視連續劇的背景舞台。搭機到沖繩的首府那霸吧!陽光!沙灘!這個充滿魅力的熱情島嶼,正呼喚著您! |

附錄 ❷ 日本都道府縣及東京交通

**東京主要街區** ▶▶▶

**1**
ぎんざ
銀座

銀座

**2**
ろっぽんぎ
六本木

六本木

**3**
しながわ
品川

品川

**4**
あきはばら
秋葉原

秋葉原

**5**
うえの
上野

上野

**6**
だいば
お台場

台場

**7**
おもてさんどう
表参道

表參道

**8**
しんじゅく
新宿

新宿

**9**
つきじ
築地

築地

**10**
しぶや
渋谷

澀谷

**11**
はらじゅく
原宿

原宿

**12**
よよぎ
代々木

代代木

**13**
いけぶくろ
池袋

池袋

**14**
あさくさ
浅草

淺草

**15**
あおやま
青山

青山

### 東京主要鐵路路線

**1**
とえいみたせん
都営三田線
都營三田線

**2**
ふくとしんせん
副都心線
副都心線

**3**
ゆうらくちょうせん
有楽町線
有樂町線

**4**
とえいおおえどせん
都営大江戸線
都營大江戸線

**5**
まるうちせん
丸ノ内線
丸之內線

**6**
ちよだせん
千代田線
千代田線

**7**
とうざいせん
東西線
東西線

**8**
とえいあさくさせん
都営浅草線
都營淺草線

**9**
ぎんざせん
銀座線
銀座線

**10**
はんぞうもんせん
半蔵門線
半藏門線

**11**
ひびやせん
日比谷線
日比谷線

**12**
なんぼくせん
南北線
南北線

**13**
とえいしんじゅくせん
都営新宿線
都營新宿線

**14**
やまのてせん
山手線
山手線

**15**
とうきょうりんかいこうそくてつどう
東京臨海高速鉄道
東京臨海高速鐵道

附錄 ❷ 日本都道府縣及東京交通

### ⓰ けいようせん
# 京葉線
京葉線

### ⓱ ちゅうおうせん
# 中央線
中央線

**東京山手線路線圖** ▶▶▶

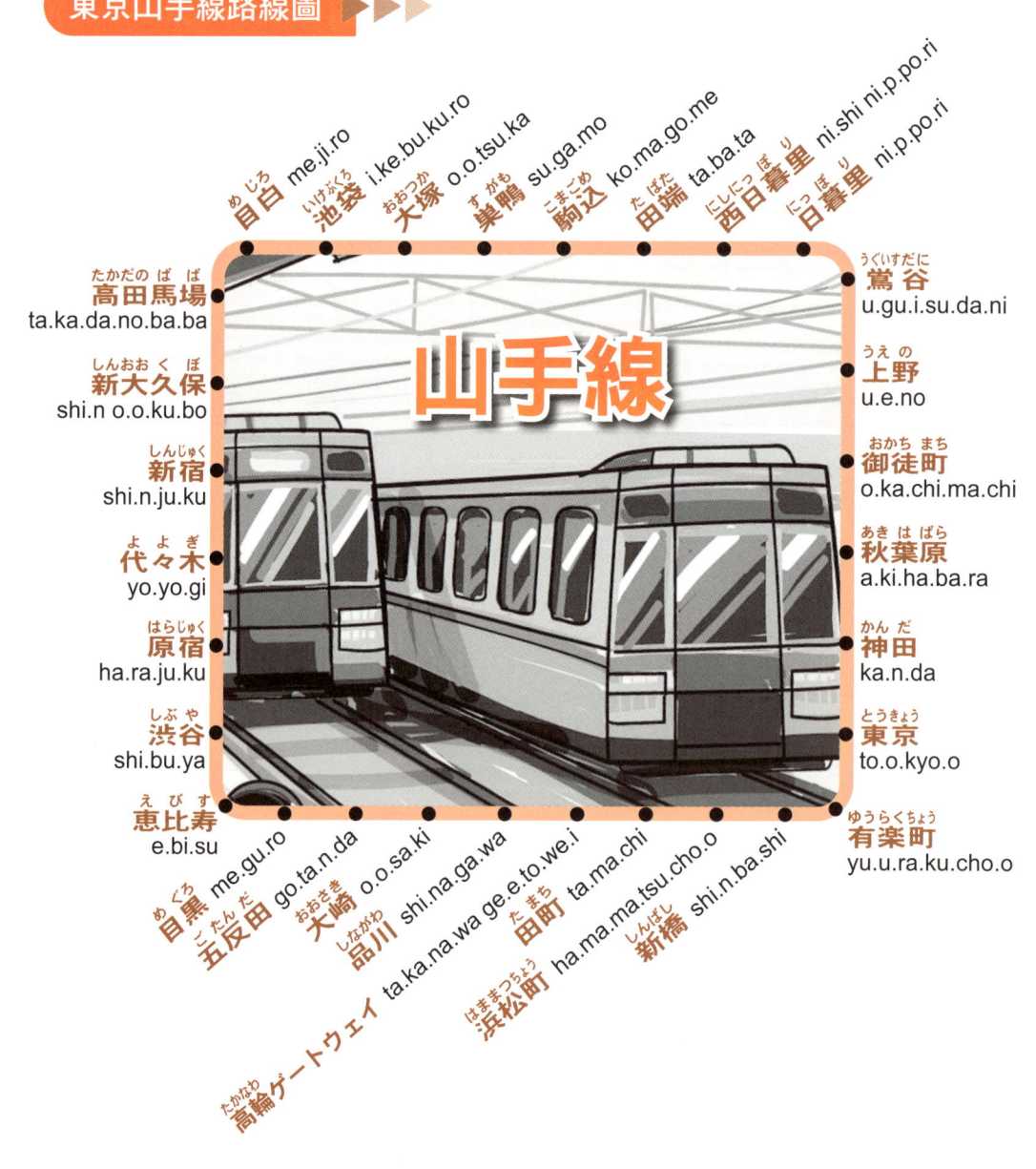

めじろ me.ji.ro
いけぶくろ i.ke.bu.ku.ro
おおつか o.o.tsu.ka
すがも su.ga.mo
こまごめ ko.ma.go.me
たばた ta.ba.ta
にしにっぽり ni.shi.ni.p.po.ri
にっぽり ni.p.po.ri

たかだのばば 高田馬場 ta.ka.da.no.ba.ba
しんおおくぼ 新大久保 shi.n o.o.ku.bo
しんじゅく 新宿 shi.n.ju.ku
よよぎ 代々木 yo.yo.gi
はらじゅく 原宿 ha.ra.ju.ku
しぶや 渋谷 shi.bu.ya
えびす 恵比寿 e.bi.su

## 山手線

うぐいすだに 鶯谷 u.gu.i.su.da.ni
うえの 上野 u.e.no
おかちまち 御徒町 o.ka.chi.ma.chi
あきはばら 秋葉原 a.ki.ha.ba.ra
かんだ 神田 ka.n.da
とうきょう 東京 to.o.kyo.o
ゆうらくちょう 有楽町 yu.u.ra.ku.cho.o

めぐろ 目黒 me.gu.ro
ごたんだ 五反田 go.ta.n.da
おおさき 大崎 o.o.sa.ki
しながわ 品川 shi.na.ga.wa
たかなわゲートウェイ 高輪ゲートウェイ ta.ka.na.wa ge.e.to.we.i
たまち 田町 ta.ma.chi
はままつちょう 浜松町 ha.ma.ma.tsu.cho.o
しんばし 新橋 shi.n.ba.shi

092

# 3 常見生活單字

**職業與身分** ▶▶▶

① せんせい
**先生**
（尊稱）醫師、律師、老師

② きょうし
**教師**
教師

③ がくせい
**学生**
學生

④ せいと
**生徒**
（國、高中的）學生

⑤ りゅうがくせい
**留学生**
留學生

⑥ まわ
**お巡りさん**
警察

⑦ けいかん
**警官**
警官

⑧ いしゃ
**医者**
醫師

⑨ かんごし
**看護師**
護理師

⑩ **サラリーマン**
上班族

⑪ べんごし
**弁護士**
律師

⑫ かいけいし
**会計士**
會計師

⑬ きしゃ
**記者／ジャーナリスト**
記者

⑭ しかい
**司会**
主持人，司儀

⑮ がいこくじん
**外国人**
外國人

附錄 ❸ 常見生活單字

## 各式食物

**1. 食べ物** (た もの)
食物

**2. ご飯** (はん)
飯

**3. 肉** (にく)
肉

**4. 牛肉** (ぎゅうにく)
牛肉

**5. 豚肉** (ぶたにく)
豬肉

**6. 鶏肉** (とりにく)
雞肉

**7. 卵／玉子** (たまご／たまご)
卵，蛋（料理）

**8. 野菜** (やさい)
蔬菜

**9. 果物** (くだもの)
水果

**10. 朝ご飯** (あさ はん)
早餐

**11. 昼ご飯** (ひる はん)
午餐

**12. 晩ご飯／夕飯** (ばんはん／ゆうはん)
晚餐，晚飯

**13. 納豆** (なっとう)
納豆

**14. 梅干し** (うめぼ)
梅干

**15. お握り** (にぎ)
御飯糰

### 16
お茶(ちゃ)漬(づ)け

茶泡飯

### 17
オムライス

蛋包飯

### 18
カレーライス

咖哩飯

### 19
うな重(じゅう)

鰻魚飯

### 20
味(み)噌(そ)汁(しる)

味噌湯

### 21
おでん

關東煮

### 22
うどん

烏龍麵

### 23
蕎(そ)麦(ば)

蕎麥麵

### 24
カップラーメン

泡麵

### 25
お惣(そうざい)菜

熟食

### 26
唐(から)揚(あ)げ

日式炸雞

### 27
肉(にく)じゃが

馬鈴薯燉肉

### 28
餃(ぎょうざ)子

煎餃

### 29
チャーハン

炒飯

### 30
天(てん)ぷら

天婦羅

附錄 ❸ 常見生活單字

### 31
## しゃぶしゃぶ
涮涮鍋

### 32
## すき焼き
壽喜燒

### 33
## 寿司
壽司

### 34
## 刺身
生魚片

### 35
## 懐石料理
懷石料理

### 36
## お菓子
點心

### 37
## 飴
糖果

### 38
## パン
麵包

### 39
## サンドイッチ
三明治

### 40
## ハンバーガー
漢堡

### 41
## ハンバーグ
漢堡肉

### 42
## ポテトフライ
薯條

### 43
## ピザ
披薩

### 44
## ステーキ
牛排

### 45
## グラタン
焗烤

### 46
**ドリア**
焗烤飯

### 47
**シチュー**
燉飯

### 48
**スパゲッティ**
義大利麵

<ごもく>
**五目**
什錦

<しょうゆ>
**醬油**
醬油

<とんこつ>
**豚骨**
豚骨

<みそ>
**味噌**
味增

<やさい>
**野菜**
蔬菜

<しお>
**塩**
鹽味

**チャーシュー**
叉燒

**バター**
奶油

**もやし**
豆芽菜

**ラーメン**
拉麵

附錄 ③ 常見生活單字

## 各式飲料 ▶▶▶

**1. 飲み物** (の もの)
飲料

**2. 水** (みず)
水

**3. お茶** (ちゃ)
茶

**4. 紅茶** (こうちゃ)
紅茶

**5. ウーロン茶** (ちゃ)
烏龍茶

**6. ミルク／牛乳** (ぎゅうにゅう)
牛奶

**7. ヤクルト**
養樂多（乳酸飲料）

**8. コーヒー**
咖啡

**9. ジュース**
果汁

**10. ミネラルウォーター**
礦泉水

**11. スポーツ・ドリンク**
運動飲料

**12. タピオカミルクティー**
珍珠奶茶

**13. レモンティー**
檸檬茶

**⑭ サイダー**
汽水

**⑮ コーラ**
可樂

**⑯ ココア**
可可

**⑰ シェーク**
奶昔

**⑱ パパイヤミルク**
木瓜牛奶

**⑲ オレンジジュース**
柳橙汁

**⑳ マンゴージュース**
芒果汁

**㉑ トマトジュース**
蕃茄汁

**㉒ ビール**
啤酒

**㉓ ワイン**
葡萄酒

**㉔ シャンペン**
香檳酒

**㉕ カクテル**
雞尾酒

**㉖ ブランデー**
白蘭地

**㉗ コニャック**
法國白蘭地酒

**調味料** ▶▶▶

| ① さとう<br>**砂糖**<br>砂糖 | ② しお<br>**塩**<br>鹽 |  |
|---|---|---|
| ③ こしょう<br>**胡椒**<br>胡椒 |  | ④ しょうゆ<br>**醤油**<br>醬油 |
| ⑤ **カレー**<br>咖哩 | ⑥ **バター**<br>奶油 | ⑦ みりん<br>**味醂**<br>味醂，料理酒 |
| ⑧ **ケチャップ**<br>蕃茄醬 | ⑨ しちみ とうがらし<br>**七味唐辛子**<br>七味辣椒粉 | ⑩ **わさび**<br>芥末 |
| ⑪ **からし**<br>黃芥末 | ⑫ みそ<br>**味噌**<br>味噌 | ⑬ **ドレッシング**<br>沙拉醬 |

**服裝與飾品** ▶▶▶

**1** ふく
**服**
衣服

**2** ようふく
**洋服**
衣服，西服

**3** ぼうし
**帽子**
帽子

**4** うわぎ
**上着**
上衣

**5** せびろ
**背広**
西裝

**6** **スーツ**
西裝，套裝

**7** **シャツ**
襯衫

**8** **ワイシャツ**
白色襯衫，Y領襯衫

**9** **セーター**
毛衣

**10** **コート**
大衣

**11** **ジャケット**
外套

**12** **ズボン**
褲子

**13** **ジーンズ**
牛仔褲

附錄 ❸ 常見生活單字

101

## 14
スカート

裙子

## 15
くつ
靴

鞋子

## 16
くつした
靴下

襪子

## 17
スリッパ

拖鞋

## 18
パジャマ

睡衣

## 19
ポケット

口袋

## 20
ボタン

釦子，按鈕

## 21
ネクタイ

領帶

## 22
ベルト

皮帶

## 23
サングラス

太陽眼鏡

## 24
て ぶくろ
手袋

手套

## 25
ハンカチ

手帕

### 26
スカーフ
絲巾

### 27
マフラー
圍巾

### 28
アクセサリー
飾品

### 29
イヤリング
耳環

### 30
ネックレス
項鍊

### 31
ブレスレット
手環

### 32
ゆびわ
指輪
戒指

### 33
しんじゅ
真珠
珍珠

附錄 ❸ 常見生活單字

## 美妝保健

**1** 化粧品（けしょうひん）
化妝品

**2** クレンジング／メーク落（お）とし
卸妝

**3** 洗顔料（せんがんりょう）
洗面乳

**4** 化粧水（けしょうすい）
化妝水

**5** エッセンス／エキス／美容液（びようえき）
精華液

**6** 乳液（にゅうえき）
乳液

**7** 保湿（ほしつ）クリーム
保濕霜

**8** 下地（したじ）
隔離霜

**9** パウダー
蜜粉

**10** ファンデーション
粉餅

**11** マスカラ
睫毛膏

**12** アイシャドー
眼影

### 13
**アイライナー**

眼線筆

### 14
<ruby>口<rt>くち</rt></ruby><ruby>紅<rt>べに</rt></ruby>
**口紅**

口紅

### 15
**チーク**

腮紅

### 16
**マスク**

面膜

### 17
<ruby>美<rt>び</rt></ruby><ruby>白<rt>はく</rt></ruby>
**美白**

美白

### 18
<ruby>日<rt>ひ</rt></ruby><ruby>焼<rt>や</rt></ruby>け<ruby>止<rt>ど</rt></ruby>め
**日焼け止め**

防曬

### 19
アミノ<ruby>酸<rt>さん</rt></ruby>
**アミノ酸**

胺基酸

### 20
**カルシウム**

鈣

### 21
**コラーゲン**

膠原蛋白

### 22
ヒアルロン<ruby>酸<rt>さん</rt></ruby>
**ヒアルロン酸**

玻尿酸

### 23
**ビタミン**

維他命

**顔色** ▶▶▶

**1** あか
赤
紅色

**2** オレンジ
橘色

**3** きいろ
黄色
黃色

**4** みどり
緑
綠色

**5** あお
青
藍色

**6** こんいろ
紺色
靛色

**7** むらさき
紫
紫色

**8** ピンク
粉紅色

**9** きんいろ
金色
金色

**10** ぎんいろ
銀色
銀色

**11** しろ
白
白色

**12** くろ
黒
黑色

**13** はいいろ
灰色
灰色

**14** こいろ
濃い色
深色的

**15** うすいろ
薄い色
淺色的

**購物** ▶▶▶

1. おおうりだ
   **大売出し**
   大特賣

2. げきやすかかく
   **激安価格**
   超低價格

3. **セール**
   大特價

4. **バーゲン**
   大拍賣

5. に わりびき
   **2割引**
   8折

6. はんがく
   **半額**
   半價

7. たんじょうさい
   **誕生祭**
   週年慶

8. **カミソリ**
   刮鬍刀

9. き
   **ゲーム機**
   遊戲機

10. けつあつけい
    **血圧計**
    血壓計

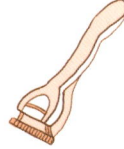

11. すいはんき
    **炊飯器**
    電鍋

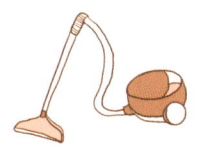

12. そうじき
    **掃除機**
    吸塵器

附錄 ❸ 常見生活單字

### ⑬ たいおんけい
**体温計**

體溫計

### ⑭ でんどう は
**電動歯ブラシ**

電動牙刷

### ⑮
**デジカメ**

數位相機

### ⑯
**ドライヤー**

吹風機

**建築物** ▶▶▶

| ① たてもの<br>**建物**<br>建築物 | ② いえ<br>**家**<br>家（指房子） | ③ うち<br>**家**<br>家（指家庭） |
|---|---|---|
| ④ **アパート**<br>公寓 | ⑤ と もん<br>**戸／門／ドア**<br>門 | ⑥ い ぐち<br>**入り口**<br>入口 |
| ⑦ で ぐち<br>**出口**<br>出口 | ⑧ げんかん<br>**玄関**<br>玄關 | ⑨ まど<br>**窓**<br>窗戶 |
| ⑩ だいどころ<br>**台所**<br>廚房 | ⑪ ふ ろ<br>**お風呂**<br>浴室 | ⑫ へ や<br>**部屋**<br>房間 |
| ⑬ て あら<br>**お手洗い**<br>洗手間 | ⑭ **トイレ**<br>廁所 | ⑮ **シャワー**<br>淋浴 |

附錄 ❸ 常見生活單字

## ⑯
### ろうか
### 廊下
走廊

## ⑰
### かいだん
### 階段
樓梯

## ⑱
### エレベーター
電梯

## 機關行號

**1. みせ** 店 — 商店

**2. こめや** 米屋 — 米店

**3. にくや** 肉屋 — 肉舖

**4. さかなや** 魚屋 — 魚攤

**5. やおや** 八百屋 — 蔬果店

**6. いちば** 市場 — 市場

**7. パンや** パン屋 — 麵包店

**8. ケーキや** ケーキ屋 — 蛋糕店

**9. きっさてん** 喫茶店 — 咖啡廳

**10. やたい** 屋台 — 攤販

**11. さかや** 酒屋 — 酒館

**12.** レストラン — 餐廳

**13. くすりや** 薬屋 — 藥房

**14.** クリニック — 診所

**15. せんとう** 銭湯 — 澡堂

附錄 ❸ 常見生活單字

| ⑯ とこや<br>床屋<br>理髪店 | ⑰ クリーニング屋<br>乾洗店 | ⑱ ごふくや<br>呉服屋<br>和服店 |
|---|---|---|
| ⑲ ほんや<br>本屋<br>書店 | ⑳ とけいや<br>時計屋<br>鐘錶店 | ㉑ めがねや<br>眼鏡屋<br>眼鏡行 |
| ㉒ でんきや<br>電気屋<br>電器行 | ㉓ じてんしゃや<br>自転車屋<br>自行車行 | ㉔ しゃしんや<br>写真屋<br>照相館 |
| ㉕ ショッピングモール<br>購物中心 | ㉖ ジム<br>健身房 | ㉗ こうばん<br>交番<br>派出所 |
| ㉘ びじゅつかん<br>美術館<br>美術館 | ㉙ はくぶつかん<br>博物館<br>博物館 | ㉚ たいしかん<br>大使館<br>大使館 |

## 公共場所 ▶▶▶

**1** くに　国 — 國家

**2** まち　町 — 城鎮，街道

**3** みち　道 — 路

**4** むら　村 — 村子

**5** こうえん　公園 — 公園

**6** いけ　池 — 池塘

**7** にわ　庭 — 庭院

**8** はし　橋 — 橋樑

**9** かど　角 — 角落，轉角

**10** しま　島 — 島

**11** かいがん　海岸 — 海岸

附錄 ❸ 常見生活單字

### 交通 ▶▶▶

**1**
えき
駅
車站

**2**
こうさてん
交差点
十字路口

**3**
くるま
車
車子

**4**
じどうしゃ
自動車
汽車

**5**
じてんしゃ
自転車
腳踏車

**6**
でんしゃ
電車
電車

**7**
ちかてつ
地下鉄
地下鐵

**8**
ひこうき
飛行機
飛機

**9**
バス
公車

**10**
タクシー
計程車

**11**
バイク
機車

**12**
しんかんせん
新幹線
新幹線

## 方向

| | | |
|---|---|---|
| ① ひがし<br>**東**<br>東 | ② にし<br>**西**<br>西 | ③ みなみ<br>**南**<br>南 |
| ④ きた<br>**北**<br>北 | ⑤ うえ<br>**上**<br>上 | ⑥ した<br>**下**<br>下 |
| ⑦ ひだり<br>**左**<br>左 | ⑧ みぎ<br>**右**<br>右 | ⑨ まえ<br>**前**<br>前面 |
| ⑩ さき<br>**先**<br>前方，尖端 | ⑪ うしろ<br>**後ろ**<br>後面 | ⑫ あと<br>**後**<br>以後（時間方面） |
| ⑬ なか<br>**中**<br>裡面 | ⑭ そと<br>**外**<br>外面 | ⑮ となり<br>**隣**<br>隔壁 |

附錄 ❸ 常見生活單字

**16**
よこ
横
橫，旁邊

**17**
たて
縱
縱，直的

**18**
そば
側
旁邊

**19**
む
向こう
對面

**20**
へん
辺
附近，這一帶

**21**
ほう
方
方向，那方面

## 興趣 ▶▶▶

**1** え
絵
繪畫

**2** えいが
映画
電影

**3** スポーツ
運動

**4** うた
歌
歌

**5** おんがく
音楽
音樂

**6** ギター
吉他

**7** さつえい
撮影
攝影

**8** つ
釣り
釣魚

**9** ドライブ
（開車）兜風

**10** やまのぼ
山登り
爬山

**11** ヨーガ
瑜珈

**12** すいえい
水泳
游泳

**13** おど
踊り
跳舞，舞蹈

附錄 ❸ 常見生活單字

## 旅遊 ▶▶▶

**1** りょこう 旅行 — 旅行

**2** がいこく 外国 — 外國

**3** ちず 地図 — 地圖

**4** しゃしん 写真 — 照片

**5** カメラ — 相機

**6** あんないじょ 案内所 — 詢問處

**7** りょうがえしょ 両替所 — 外幣兌換處

**8** しゅっぱつ 出発ロビー — 出境大廳

**9** ぜいかん 税関 — 海關

**10** ターミナル — 航廈

**11** めんぜいてん 免税店 — 免稅商店

**12** パスポート — 護照

**13** とうじょうけん 搭乗券 — 登機證

**14** ビザ — 簽證

## 大眾媒體

**1** しんぶん  
**新聞**  
報紙

**2** ざっし  
**雑誌**  
雜誌

**3** テレビ  
電視

**4** ニュース  
新聞，消息

**5** ラジオ  
收音機

**6** コラム  
專欄

**7** トップニュース  
頭條新聞

**8** とくしゅう  
**特集**  
專題報導

**9** ばんぐみ  
**番組**  
節目

**10** ほうどう  
**報道**  
報導

**11** こうこく  
**広告**／コマーシャル  
廣告

附錄 ❸ 常見生活單字

**生活** ▶▶▶

| | | |
|---|---|---|
| ① しごと<br>**仕事**<br>工作 | ② かね<br>**お金**<br>錢 | ③ さいふ<br>**財布**<br>錢包 |
| ④ けっこん<br>**結婚**<br>結婚 | ⑤ たんじょうび<br>**誕生日**<br>生日 | ⑥ か　もの<br>**買い物**<br>購物 |
| ⑦ はじ　　はじ<br>**初め／始め**<br>最初，開始 | ⑧ はなし<br>**話**<br>話 | ⑨ つぎ<br>**次**<br>下一個 |
| ⑩ ほか<br>**他**<br>其他 | ⑪ **コピー**<br>影印 | ⑫ かぎ<br>**鍵**<br>鑰匙 |
| ⑬ かびん<br>**花瓶**<br>花瓶 | ⑭ せっけん<br>**石鹸**<br>肥皂 | ⑮ **カレンダー**<br>月曆 |

### ⑯ ハンカチ
手帕

### ⑰ マッチ
火柴

### ⑱ 椅子（いす）
椅子

### ⑲ 机（つくえ）
書桌，桌子

### ⑳ テーブル
桌子（table）

### ㉑ 電気（でんき）
電燈，電器

### ㉒ 電話（でんわ）
電話

### ㉓ 冷蔵庫（れいぞうこ）
冰箱

### ㉔ ストーブ
暖爐

### ㉕ ベッド
床

### ㉖ 切手（きって）
郵票

### ㉗ 葉書（はがき）
明信片

### ㉘ 手紙（てがみ）
信

### ㉙ 封筒（ふうとう）
信封

附錄 ❸ 常見生活單字

### 30
はこ
**箱**
箱子，盒子

### 31
にもつ
**荷物**
行李

### 32
ばんごう
**番号**
號碼

### 33
**ポスト**
郵筒

### 34
**マスク**
口罩

### 35
**アルコール**
酒精

### 36
ちか
**デパ地下**
百貨公司地下美食街

### 37
**エコバッグ**
環保袋，購物袋

### 38
はし
**マイ箸**
環保筷，自備筷子

## 校園 ▶▶▶

**1**
がっこう
学校
學校

**2**
だいがく
大学
大學

**3**
きょうしつ
教室
教室

**4**
としょかん
図書館
圖書館

**5**
ほんだな
本棚
書架

**6**
クラス
班級

**7**
べんきょう
勉強
學習，用功

**8**
かんじ
漢字
漢字

**9**
ことば
言葉
語言，話

**10**
いみ
意味
意思，意義

**11**
ぶんしょう
文章
文章

**12**
さくぶん
作文
作文

**13**
しゅくだい
宿題
作業

**14**
れんしゅう
練習
練習

**15**
しつもん
質問
疑問

附錄 ❸ 常見生活單字

**⑯ 問題** (もんだい) — 問題

**⑰ 休み** (やす) — 休息，休假

**⑱ 夏休み** (なつやす) — 暑假

**⑲ テスト** — 測驗

**⑳ 鉛筆** (えんぴつ) — 鉛筆

**㉑ 万年筆／ペン** (まんねんひつ) — 鋼筆

**㉒ ボールペン** — 原子筆

**㉓ 紙** (かみ) — 紙

**㉔ ノート** — 筆記本

**㉕ 本** (ほん) — 書

**㉖ 辞書** (じしょ) — 辭典

**㉗ 字引** (じびき) — 字典

**㉘ ページ** — 頁數

# 4 節日與生活娛樂

## 日本的節日 ▶▶▶

　　儘管日本給人的印象是熱愛工作的民族，好像全年無休，但事實上，日本的國定假日可不少呢！

　　日本的國定假日合起來大約有二十天，再加上週休二日制，以及國定假日遇到週六和週日也一定會補休，所以一年裡有好幾個時段，一定會遇到大連假。在此提醒親愛的讀者，可以參考以下的整理，設定出國的時間，免得人擠人喔！

## 一月～三月的國定假日 ▶▶▶

### がんじつ
### 元日
元旦

一月一日

日本的過年。為了迎接神明，日本人會在家門上裝飾年松，並享用在除夕夜（十二月三十一日）之前就準備好的涼涼的年菜。此外，也會到神社或寺廟做「初詣（はつもうで）」（新年首次參拜）。

### せいじん　ひ
### 成人の日
成人之日

一月的第二個星期一

為慶祝年滿二十歲的青年男女長大成人的節日。期盼藉由這個節日，提醒他們已經成年，希望他們能夠自己克服困難。如果這一天到日本玩，可以在街上看到很多二十歲的女孩子們，穿著華麗和服的可愛模樣哦！

### けんこくきねん　ひ
### 建国記念の日
建國紀念日

二月十一日

日本神武天皇即位的日子。希望藉由這個日子，提升日本國民的愛國心。

### てんのうたんじょうび
### 天皇誕生日
天皇誕生日

二月二十三日

現任「德仁」天皇的生日。

### しゅんぶん　ひ
### 春分の日
春分之日

三月十九日到二十二日的其中一天

春分，即晝夜一樣長的日子。

## 四月～六月的國定假日 ▶▶▶

| | | |
|---|---|---|
| **昭和の日**（しょうわのひ）<br>昭和之日 | 四月二十九日<br>日本昭和天皇的誕生日。期盼大家藉由這個日子，緬懷讓日本一躍成為強國的昭和時代，並為國家的未來而努力。 | |
| **憲法記念日**（けんぽうきねんび）<br>憲法紀念日 | 五月三日<br>日本立憲的紀念日。 | |
| **みどりの日**（ひ）<br>綠之日 | 五月四日<br>希望大家親近自然、並愛護自然的節日。 | |
| **こどもの日**（ひ）<br>兒童節 | 五月五日<br>五月五日原為日本的端午節，是祈願男孩成長的日子，現在則改稱兒童節。在這一天，家裡有男孩的家庭，會掛上「鯉のぼり」（こい）（鯉魚旗）。看到許許多多的鯉魚旗在新綠下迎風招展，好不開心。 | |

附錄 ❹ 節日與生活娛樂

### 七月～九月的國定假日 ▶▶▶

**海の日**
うみ　ひ
海之日

七月的第三個星期一

感謝海洋賜予人類的恩惠，並期盼以海洋立國的日本永遠興盛的節日。

**山の日**
やま　ひ
山之日

八月十一日

讓國民有更多機會親近山林、感謝山林所提供的恩惠。

**敬老の日**
けいろう　ひ
敬老節

九月的第三個星期一

希望大家尊敬老年人、並祝福他們長壽的節日。在這一天，有老年人的家庭，多會聚餐或送上賀禮。

**秋分の日**
しゅうぶん　ひ
秋分之日

九月二十二日到二十四日的其中一天

秋分，即晝夜一樣長的日子。

## 十月～十二月的國定假日 ▶▶▶

### スポーツの日
**運動節**

十月的第二個星期一

日本將「鼓勵大家多運動、培養身心健康」的運動節，訂在秋高氣爽、最適合運動的秋天。每年到了這個時候，不只是學校，連各町、各區也會舉辦運動會，加油聲此起彼落，好不熱鬧！

### 文化の日
**文化之日**

十一月三日

希望日本國人愛惜自由與和平，並促進文化的日子。

### 勤労感謝の日
**勤勞感謝之日**

十一月二十三日

尊敬勤勞者、感謝生產者的節日。

## 日本三大連休假期 ▶▶▶

### ゴールデンウィーク
**黃金週**

四月底五月初

從四月底的「昭和之日」，到五月初的「憲法紀念日」、「綠之日」、「兒童節」都是國定假日，再加上週末，所以往往有一個星期以上的連續假期，也無怪乎被稱為 Golden week（黃金週）了。

### お盆(ぼん)
**盂蘭盆節**

八月十五日前後

八月十五日前後的「盂蘭盆節」是日本人迎接祖先亡靈、祈求闔家平安繁榮的傳統節慶，雖不是國定假日，但是有「お盆休(ぼんやす)み」（盂蘭盆節假期）的公司很多，所以到處都是返鄉的人潮。

### 年末年始(ねんまつねんし)
**年終與年初**

十二月二十九日～一月三日

日本的過年是國曆一月一日，十二月二十八日是公家機關「仕事納(しごとおさ)め」（工作終了）的日子，所以年假會從十二月二十九日開始，一直放到一月三日。若遇到週末，假期也會跟著順延喔！

### 日本的祭典 ▶▶▶

　　日本是一個熱愛祭典的民族,每年大大小小的祭典合起來,不下數百個,建議您在每次赴日旅遊前,都能夠先上網輸入關鍵字「日本の祭一覧」,查詢自己要去的地方何時會舉辦祭典,如此一來,旅程會更有收穫喔!以下介紹幾個日本知名祭典:

---

## 青森市
## 青森ねぶた祭り
### 青森睡魔祭

地點:青森縣青森市
舉辦時間:每年八月二日~七日
交通:JR「青森」站下車

　　「青森睡魔祭」在 1980 年,被日本指定為「國家重要無形民俗文化財產」。一年一次為期六天的這個祭典裡,每天都擁入五十萬以上的人潮。

　　此祭典最大的特色,就是在活動進行時,街道上隨處可見宏偉壯觀、氣勢非凡、美輪美奐、有如藝術品般的「立體燈籠花車」。來到此地,若能租件祭典用的專用浴衣,一邊喊著「ラッセラーラッセラー」(此祭典之口號,有打起精神、加油之意),一邊跟著遊行,絕對能創造出難忘的夏日回憶。

附錄 ❹ 節日與生活娛樂

## せんだい し
# 仙台市
### せんだいたなばた
## 仙台七夕まつり
### 仙台七夕祭

地點：宮城縣仙台市
舉辦時間：每年八月六日～八日
交通：JR「仙台」站下車

　　日本東北地區有三大祭典，分別是青森縣的「青森睡魔祭」、宮城縣的「仙台七夕祭」、以及秋田縣的「竿燈祭」。其中以較為靜態的「仙台七夕祭」吸引最多人潮，單日拜訪人數高達七十萬人以上，令人嘆為觀止。

　　此祭典的由來，顧名思義，一開始是為了祭拜牛郎與織女星。現在最大的特色，則是在活動前一天，也就是八月五日晚上，會發放一萬發以上的煙火，照亮整個夜空，宣告歡樂的祭典就要開始。而為期三天的祭典，商店街高掛著三千枝的巨型綠竹，上面綁著七彩繽紛的裝飾，每當清風吹來，綠竹上的流蘇隨著飄動，真是美不勝收。

## とうきょう と
# 東京都
### あさくささんじゃまつり
## 淺草三社祭
### 淺草三社祭

地點：東京都台東區淺草神社
舉辦時間：每年五月第三週的星期五、六、日
交通：東京都地下鐵「淺草」站下車

　　「三社祭」是每年五月第三週的週五到週日，在東京都台東區淺草神社舉辦的祭典，正式名稱為「淺草神社例大祭」。

　　短短三天的活動中，大約會有二百萬人慕名前來共襄盛舉。而活動中最熱鬧的，莫過於「抬神轎」活動了。在那一天，淺草的每一個町會，會抬自己的神轎在街上遊行，接著搶攻淺草寺，好不熱鬧。看著水洩不通的人潮、抬著轎子的熱情江戶男兒、穿著祭典服飾的男女老少，您會發現另一個與眾不同的東京。

## 京都市 祇園祭り
### 祇園祭

地點：京都府京都市祇園町八坂神社
舉辦時間：每年七月一日～三十一日
交通：JR「京都」站下車

「祇園祭」是京都八坂神社的祭典，它不但被譽為京都三大祭典之一（另外二大祭典為上賀茂神社和下鴨神社的「葵祭」，以及平安神宮的「時代祭」），而且也是日本三大祭典之一（另外二大祭典為大阪的「天神祭」，以及東京的「山王祭」）。

此祭典據說源自於西元869年，當時由於到處都是瘟疫，所以居民請出神祇在市內巡行，藉以祈求人民平安健康。時至今日，祭典依然維持傳統，而活動中最值得一看的，就屬「山鉾（祭典神轎）巡行」了。在巡行過程中，山鉾數次九十度大轉彎的驚險與刺激，帶給遊客無數的高潮和驚喜。

## 福岡市 博多祇園山笠
### 博多祇園山笠

地點：福岡縣福岡市博多區
舉辦時間：每年七月一日～十五日
交通：JR「博多」站下車

已有七百年歷史的「博多祇園山笠」，其正式名稱為「櫛田神社祇園例大祭」，現已被日本政府指定為國家無形民俗文化財產。

此祭典一開始，也是因為當時到處都是瘟疫，所以舉辦神祇巡行活動，藉以消災解厄。如今這個活動，不但祈求眾人平安健康，也成了當地居民一年一度最重要的盛會。在活動當中，被稱為「山笠」的巡行神轎豪華壯麗，幾乎要幾十位壯漢才抬得動。而神轎巡行時架勢十足，聲勢浩大，除了教人震撼不已外，身歷其境，還會感覺到自己的渺小。

附錄 ❹ 節日與生活娛樂

## 日本棒球小常識 ▶▶▶

　　日本的職業棒球分為「セ・リーグ」（中央聯盟）和「パ・リーグ」（太平洋聯盟）兩個聯盟，共有十二支球隊。這兩個聯盟的球隊，平時各自比賽，但是每年十月前後，會舉辦一年一度的日本職業總冠軍賽，爭奪「日本一（にほんいち）」（日本第一）的頭銜。如果想到日本看職棒，先學會以下有關棒球的基本單字吧！

## 球隊成員 ▶▶▶

**①**
ピッチャー
投手

**②**
キャッチャー
捕手

**③**
ファースト
一壘，一壘手

**④**
セカンド
二壘，二壘手

**⑤**
サード
三壘，三壘手

**⑥**
ショート
游擊手

**⑦**
ライト
右外野，右外野手

**⑧**
センター
中堅手，中外野手

**⑨**
レフト
左外野，左外野手

**⑩ バッター**
打者

**⑪ 監督**（かんとく）
教練

**⑫ 審判**（しんぱん）
裁判

## 比賽術語 ▶▶▶

**① アウト**
出局

**② セーフ**
安全上壘

**③ ファウル**
界外球

**④ ホームラン**
全壘打

**⑤ ヒット**
安打

**⑥ ストライク**
好球

**⑦ ボール**
壞球

## 美國大聯盟的外國明星 ▶▶▶

**1**
<ruby>王建民<rt>おうけんみん</rt></ruby>

王建民

**2**
イチロー（<ruby>鈴木一朗<rt>すずき いちろう</rt></ruby>）

鈴木一朗

**3**
<ruby>野茂英雄<rt>の も ひで お</rt></ruby>

野茂英雄

**4**
<ruby>松井秀喜<rt>まつい ひでき</rt></ruby>

松井秀喜

**5**
<ruby>松坂大輔<rt>まつざかだいすけ</rt></ruby>

松坂大輔

**6**
<ruby>大谷翔平<rt>おおたにしょうへい</rt></ruby>

大谷翔平

**日本職棒** ▶▶▶

# セ・リーグ（セントラル・リーグ）
### 中央聯盟

| 隊名 | 主場 | 所在地 |
|---|---|---|
| よみうり<br>読売ジャイアンツ<br>讀賣巨人隊 | とうきょう<br>東京ドーム<br>東京巨蛋 | とうきょう<br>東京 |
| ちゅうにち<br>中日ドラゴンズ<br>中日龍 | ナゴヤドーム<br>名古屋巨蛋 | な ご や<br>名古屋 |
| はんしん<br>阪神タイガース<br>阪神虎 | こう し えんきゅうじょう<br>甲子園球場 | おおさか<br>大阪 |
| ひろしまとうよう<br>広島東洋カープ<br>廣島東洋鯉魚 | ひろしま し みんきゅうじょう<br>広島市民球場 | ひろしま<br>広島 |
| とうきょう<br>東京ヤクルト<br>スワローズ<br>東京養樂多燕子 | じんぐうきゅうじょう<br>神宮球場 | とうきょう<br>東京 |
| よこはま<br>横浜ベイスターズ<br>横濱灣星 | よこはま<br>横浜スタジアム<br>横濱球場 | よこはま<br>横浜 |

附錄 ❹ 節日與生活娛樂

## パ・リーグ（パシフィック・リーグ）
太平洋聯盟

| 隊名 | 主場 | 所在地 |
|---|---|---|
| せいぶ<br>**西武ライオンズ**<br>西武獅 | せいぶ<br>**西武ドーム**<br>西武巨蛋 | さいたま<br>**埼玉** |
| ふくおか<br>**福岡ソフトバンク<br>ホークス**<br>福岡軟體銀行鷹 | ふくおか<br>**福岡ドーム**<br>福岡巨蛋 | ふくおか<br>**福岡** |
| **オリックス・<br>バッファローズ**<br>歐力士野牛 | おおさか<br>**大阪ドーム**<br>大阪巨蛋 | おおさか<br>**大阪** |
| ちば<br>**千葉ロッテ<br>マリーンズ**<br>千葉羅德海洋 | ちば<br>**千葉マリン<br>スタジアム**<br>千葉海洋球場 | ちば<br>**千葉** |
| ほっかいどうにっぽん<br>**北海道日本ハム<br>ファイターズ**<br>北海道日本火腿鬥士 | さっぽろ<br>**札幌ドーム**<br>札幌巨蛋 | ほっかいどう<br>**北海道** |
| とうほくらくてん<br>**東北楽天<br>ゴールデン<br>イーグルス**<br>東北樂天金鷲 | **フルキャスト<br>スタジアム宮城**<br>みやぎ<br>Kleenex 宮城球場 | せんだい<br>**仙台** |

# 5 動詞廣場

**1** あ
会う
見面，遇見

**2** あ
合う
合，合適

**3** あら
洗う
洗

**4** い
言う
説，稱為〜

**5** うた
歌う
唱，歌唱

**6** おも
思う
想，認為

**7** か
買う
買

**8** さそ
誘う
邀約，引誘，招致

**9** す
吸う
吸，吸收

**10** ちが
違う
錯誤，不同

**11** つか
使う
使用

**12** てつだ
手伝う
幫忙，協助

**13** なら
習う
學習

**14** はら
払う
支付

| ⑮ ま あ<br>間に合う | ⑯ まよ<br>迷う | ⑰<br>もらう |
|---|---|---|
| 趕上，來得及，夠用 | 迷惑，迷路，猶豫 | 獲得，接受 |
| ⑱ わら<br>笑う | ⑲ あ<br>空く | ⑳ ある<br>歩く |
| 笑 | 空，空閒 | 走，步行 |
| ㉑ い<br>行く | ㉒ いそ<br>急ぐ | ㉓ うご<br>動く |
| 去 | 趕緊，匆忙 | 動，變動，移動 |
| ㉔ お<br>置く | ㉕ おどろ<br>驚く | ㉖ およ<br>泳ぐ |
| 放置 | 驚嚇 | 游泳 |
| ㉗ か<br>書く | ㉘ かわ<br>渇く | |
| 寫 | 渴 | |

### 29
き
聞く

問，聽

### 30
つ
着く

到達，抵達

### 31
つ
付く

附著，跟隨

### 32
な
泣く

哭

### 33
ぬ
脱ぐ

脫

### 34
は
履く

穿（褲子、鞋、襪等）

### 35
はたら
働く

工作

### 36
ひ
引く

拉，減去，吸引

### 37
かえ
返す

歸還

### 38
か
貸す

借出，出租

### 39
さが
探す

找

### 40
だ
出す

拿出，提出

### 41
だま
騙す

欺騙

### 42
ため
試す

試

### 43
なお
直す

修理，更改

### 44
な
**無くす**
弄丟，失去

### 45
のこ
**残す**
留下，剩餘

### 46
はな
**話す**
談，說

### 47
ゆる
**許す**
原諒，允許

### 48
わた
**渡す**
交給，授予

### 49
う
**打つ**
打，敲打，拍打

### 50
か
**勝つ**
贏

### 51
た
**立つ**
站，出發，離開

### 52
ま
**待つ**
等

### 53
も
**持つ**
持有，拿，帶

### 54
し
**死ぬ**
死亡

### 55
あそ
**遊ぶ**
玩

### 56
えら
**選ぶ**
選擇

### 57
よ
**呼ぶ**
叫

### 58
す
**住む**
住

### 59 済む（す）
完成，解決

### 60 頼む（たの）
委託，請求

### 61 包む（つつ）
包，充滿

### 62 悩む（なや）
煩惱

### 63 飲む（の）
喝，吃（藥）

### 64 申し込む（もう・こ）
申請，報名，請求

### 65 休む（やす）
休息

### 66 読む（よ）
唸，閱讀

### 67 焦る（あせ）
著急，焦躁

### 68 当たる（あ）
猜中，擊中，中獎，遭受

### 69 弄る（いじ）
玩弄，擺弄

### 70 要る（い）
要，必要

### 71 売る（う）
賣

### 72 送る（おく）
送，寄

## 73
おこ
怒る

生氣

## 74
お
起こる

發生,引起

## 75
おご
奢る

請客,奢侈

## 76
お
終わる

結束

## 77
かえ
帰る

回家,回來

## 78
か
掛かる

花費,懸掛

## 79
かぎ
限る

僅限,唯有,限,最好

## 80
がんば
頑張る

努力,加油,堅持

## 81
き
決まる

決定,規定,固定

## 82
き
切る

切,除去,斷絕

## 83
くも
曇る

陰天

## 84
こま
困る

困擾,為難

## 85
さわ
触る

觸摸,接觸

## 86
しゃべ
喋る

說話,閒聊,多嘴,洩密

| ⑧⑦ し<br>知る<br>知道，了解，認識 | ⑧⑧ すべ<br>滑る<br>滑，沒考上，說溜嘴 | ⑧⑨ すわ<br>座る<br>坐 |
|---|---|---|
| ⑨⓪ つく<br>作る<br>做，制定 | ⑨① と<br>止まる<br>停止，中斷 | ⑨② と<br>泊まる<br>住宿，停泊 |
| ⑨③ な<br>成る<br>成為，變成 | ⑨④ のこ<br>残る<br>留下，剩餘 | ⑨⑤ の<br>乗る<br>搭乘，參與 |
| ⑨⑥ はい<br>入る<br>進入 | ⑨⑦ はじ<br>始まる<br>開始，發生 | ⑨⑧ はし<br>走る<br>跑 |
| ⑨⑨ ふと<br>太る<br>胖，發福 | ①⓪⓪ ふ<br>降る<br>下（雨、雪） | ①⓪① へ<br>減る<br>降低，減少 |

附錄 ❺ 動詞廣場

## 102
### まも
### 守る
守護，遵守

## 103
### まわ
### 回る
繞，巡視，傳遞

## 104
### み　つ
### 見付かる
找到，被發現

## 105
### わ
### 分かる
知道，懂

## 106
### い
### 居る
存在，有

## 107
### お
### 起きる
站起來，起床，發生

## 108
### お
### 落ちる
掉落，沒考上

## 109
### お
### 降りる
下（車、山等），退出

## 110
### か
### 借りる
借入，租賃

## 111
### き
### 聞こえる
聽得見，聽起來像～

## 112
### き
### 着る
穿

## 113
### しん
### 信じる
相信，信任

## 114
### す
### 過ぎる
過，過分

## 115
### た
### 足りる
足夠，充分

## 116
### で　き
### 出来る
可以，能夠

### 117
**み**
見る
看

### 118
**あきら**
諦める
放棄，斷念

### 119
**あ**
開ける
打開

### 120
**あず**
預ける
寄存，交付，委託

### 121
**いじ**
虐める
欺負，虐待

### 122
**い**
入れる
放入

### 123
**う**
受ける
接受，參加（考試）

### 124
**う**
売れる
暢銷，好賣

### 125
**おく**
遅れる
遲到，落後

### 126
**おし**
教える
教，告知

### 127
**おぼ**
覚える
記住

### 128
**か**
変える
改變，更換

### 129
**かたづ**
片付ける
整理，收拾，解決

### 130
**かんが**
考える
想，思考，思索，考慮

附錄 5 動詞廣場

### 131
き
**決める**
決定

### 132
くら
**比べる**
比較

### 133
こた
**答える**
回答，解答

### 134
こわ
**壊れる**
損壞

### 135
し
**閉める**
關閉

### 136
し
**知らせる**
通知

### 137
たす
**助ける**
幫助，救助

### 138
たず
**尋ねる**
詢問，打聽，拜訪

### 139
た
**食べる**
吃

### 140
つか
**疲れる**
累

### 141
つた
**伝える**
傳達

### 142
で か
**出掛ける**
出門

### 143
で
**出る**
出門，離開，出現

### 144
な
**慣れる**
習慣

### 145
に
**逃げる**
逃

## 146
### ね
### 寝る
睡覺，躺下

## 147
### まか
### 任せる
委託，交付

## 148
### ま
### 負ける
輸

## 149
### み
### 見える
看得到，看起來

## 150
### み
### 見せる
給～看，展示

## 151
### み
### 見つける
找，發現

## 152
### むか
### 迎える
迎接

## 153
### や
### 痩せる
瘦，變瘦

## 154
### や
### 辞める
停止，辭職

## 155
### や
### 止める
停止，放棄

## 156
### わ
### 分かれる
離別，分手

## 157
### わ
### 分ける
分開

## 158
### わす
### 忘れる
忘記

## 159
### わ
### 割れる
破碎，裂開

## 160
### する
做

### 161
あんしん
**安心する**

安心

### 162
うんてん
**運転する**

開車，駕駛，運轉

### 163
うんどう
**運動する**

運動

### 164
えんき
**延期する**

延期

### 165
かいけつ
**解決する**

解決

### 166
かいもの
**買物する**

買東西

### 167
かくにん
**確認する**

確認

### 168
かんしん
**関心する**

關心，關注，感興趣

### 169
かんしん
**感心する**

欽佩

### 170
きこく
**帰国する**

回國

### 171
きたい
**期待する**

期待

### 172
けっこん
**結婚する**

結婚

### 173
ごうかく
**合格する**

合格，考上

### 174
こしょう
**故障する**

故障

### 175
**コピーする**

影印，複製

### 176
さんか
**参加する**
參加

### 177
ざんぎょう
**残業する**
加班

### 178
さんぽ
**散歩する**
散步

### 179
ししょく
**試食する**
試吃

### 180
しちゃく
**試着する**
試穿

### 181
しつもん
**質問する**
提問，問題

### 182
しつれい
**失礼する**
失禮，無禮

### 183
しゅうり
**修理する**
修理

### 184
しゅっぱつ
**出発する**
出發

### 185
じゅんび
**準備する**
準備

### 186
しょくじ
**食事する**
吃飯

### 187
しんぱい
**心配する**
擔心，不安

### 188
せつめい
**説明する**
説明

附錄 ⑤ 動詞廣場

151

### 189
**せんたく**
**選択する**
選擇

### 190
**せんたく**
**洗濯する**
洗滌，洗衣服

### 191
**そうじ**
**掃除する**
打掃，清潔

### 192
**そつぎょう**
**卒業する**
畢業

### 193
**ダイエットする**
減肥

### 194
**ちこく**
**遅刻する**
遲到

### 195
**ちゅうい**
**注意する**
注意，提醒，小心

### 196
**ちゅうもく**
**注目する**
注目，注視

### 197
**ちゅうもん**
**注文する**
訂購，點菜

### 198
**てつや**
**徹夜する**
熬夜，通宵

### 199
**とうちゃく**
**到着する**
到達，抵達

### 200
**にゅういん**
**入院する**
住院

### 201
**はんだん**
**判断する**
判斷

### 202
**べんきょう**
**勉強する**
學習，用功

### 203
へんぴん
返品する

退貨

### 204
むし
無視する

無視，不理睬，忽視

### 205
むり
無理する

勉強，不可能

### 206
よやく
予約する

預約

### 207
りゅうがく
留学する

留學

### 208
りよう
利用する

利用

### 209
りょうがえ
両替する

換錢，兌換

### 210
りょこう
旅行する

旅行

### 211
れんしゅう
練習する

練習

### 212
れんらく
連絡する

聯絡

### 213
く
来る

來

國家圖書館出版品預行編目資料

零基礎！超好學旅遊・生活日語 進階 / 陳怡如著
-- 初版 -- 臺北市：瑞蘭國際, 2025.07
160 面；19×26 公分 --（日語學習系列；82）
ISBN：978-626-7629-69-7（平裝）
1.CST：日語 2. CST：讀本

803.18　　　　　　　　　　　　　114007783

日語學習系列 82

## 零基礎！超好學旅遊・生活日語 進階

作者｜陳怡如
責任編輯｜劉欣平、葉仲芸、王愿琦
校對｜陳怡如、劉欣平、葉仲芸、王愿琦

日語錄音｜こんどうともこ、藤原一志
錄音室｜采漾錄音製作有限公司
封面設計｜劉麗雪、陳如琪
版型設計｜劉麗雪
內文排版｜邱亭瑜、陳如琪
美術插畫｜Syuan Ho

瑞蘭國際出版
董事長｜張暖彗・社長兼總編輯｜王愿琦
編輯部
副總編輯｜葉仲芸・主編｜潘治婷・文字編輯｜劉欣平
設計部主任｜陳如琪
業務部
經理｜楊米琪・主任｜林湲洵・組長｜張毓庭

出版社｜瑞蘭國際有限公司・地址｜台北市大安區安和路一段 104 號 7 樓之一
電話｜(02)2700-4625・傳真｜(02)2700-4622・訂購專線｜(02)2700-4625
劃撥帳號｜19914152 瑞蘭國際有限公司
瑞蘭國際網路書城｜www.genki-japan.com.tw

法律顧問｜海灣國際法律事務所　呂錦峯律師

總經銷｜聯合發行股份有限公司・電話｜(02)2917-8022、2917-8042
傳真｜(02)2915-6275、2915-7212・印刷｜科億印刷股份有限公司
出版日期｜2025 年 07 月初版 1 刷・定價｜420 元・ISBN｜978-626-7629-69-7

◎版權所有・翻印必究
◎本書如有缺頁、破損、裝訂錯誤，請寄回本公司更換

本書採用環保大豆油墨印製